Bianca

Maisey Yates
Una aristócrata en el desierto

HARLEQUIN™

Editado por Harlequin Ibérica.
Una división de HarperCollins Ibérica, S.A.
Núñez de Balboa, 56
28001 Madrid

I.S.B.N.: 978-84-687-6753-6
Depósito legal: M-31651-2015
Impresión en CPI (Barcelona)
Fecha impresion para Argentina: 13.6.16
Distribuidor exclusivo para España: LOGISTA
Distribuidor para México: CODIPLYRSA
Distribuidores para Argentina: Interior, DGP, S.A. Alvarado 2118.
Cap. Fed./Buenos Aires y Gran Buenos Aires, VACCARO HNOS.

Capítulo 1

ERA frágil. Y pálida. Llevaba el pelo rubio recogido en un elegante moño. Las mangas largas de su vestido, largo hasta el suelo, debían de estar destinadas a protegerla del sol de Tahar. Pero no servirían de nada.

Unos minutos en aquel entorno donde él había pasado los últimos quince años bastarían para matarla.

No sería más que un lirio blanco secándose en la arena hasta convertirse en polvo y desaparecer con un soplo de aire.

Quien hubiera imaginado que esa mujer podía servirle de esposa al sultán de Tahar debía ser relevado de su cargo.

A Tarek cada vez le gustaban menos los consejeros que había utilizado Malik.

Le habían dicho que podía ser una alianza política beneficiosa para su país. Tarek no sabía nada de política, pero había aceptado pensarlo.

Sin embargo, al verla... No funcionaría, se dijo.

—Lleváosla de mi vista —ordenó Tarek.

—No —dijo ella, levantando los ojos dulces y, a la vez, teñidos de férrea determinación.

—¿No?

—No puedo irme.

—Claro que puedes. Igual que has entrado, puedes salir.

Después de haber vivido aislado durante toda la vida, Tarek se había encontrado solo ante la tarea de gobernar una población de millones de habitantes.

Cuando ella levantó la barbilla con gesto aristocrático, el sultán se dio cuenta de que no se acordaba de su nombre.

Sin duda, se lo habían comunicado cuando, hacía dos semanas, le habían informado de que una princesa europea acudiría para ofrecerse como esposa.

En ese momento, el nombre de la extranjera le había parecido un detalle sin importancia, por lo que no lo había retenido en la memoria.

—No lo entiendes —continuó ella. Su voz firme resonaba en las paredes de la sala del trono.

—¿Ah, no?

—No. No puedo regresar a Alansund sin asegurar esta unión. De hecho, sería mejor no regresar nunca.

—¿Y eso por qué?

—No hay lugar para mí allí. No soy de sangre azul. Ni siquiera soy nativa de Alansund.

—¿No?

—Soy estadounidense. Conocí a mi difunto esposo, el rey, cuando íbamos a la universidad. Ahora está muerto. Su hermano ha ocupado el trono y ha decidido que mi deber es formalizar un matrimonio estratégico en el extranjero. Por eso estoy aquí.

—¿Tu nombre? —preguntó él, cansado de no saberlo.

—¿No sabes cómo me llamo?

—No tengo tiempo para trivialidades y, como no voy a quedarme contigo, tu nombre no me pareció importante. Aunque ahora quiero saberlo.

–Disculpa, Alteza, pero mi nombre no suele ser considerado una trivialidad –repuso ella, levantando la barbilla–. Soy Olivia de Alansund. Y creía que íbamos a hablar de los beneficios que supondría nuestro matrimonio.

Tarek se frotó la barba un momento.

–No sé si el matrimonio puede reportar algún beneficio.

–Entonces, ¿por qué estoy aquí? –preguntó ella, parpadeando con sorpresa.

–Mis consejeros me recomendaron hablar contigo. Yo no estoy muy convencido de que sirva de algo.

–¿Prefieres a otra mujer?

Él no estaba seguro de cómo responder a la pregunta. Aquel le resultaba un pensamiento extraño. Las mujeres nunca habían formado parte de su vida.

–No. ¿Por qué lo preguntas?

–Necesitarás un heredero, supongo.

En eso, la mujer no se equivocaba, se dijo Tarek. Era el último de la familia al-Khalij. Aunque no se sentía preparado para la tarea. Al contrario, siempre le habían dicho que tener familia supondría una debilidad para alguien como él. Le habían entrenado para rechazar los placeres de la carne. Para proteger a su país, tenía que ser más que un hombre. Tenía que ser parte de la piedra que cubría el vasto y seco desierto. Pedirle que fuera una persona de carne y hueso de nuevo era demasiado.

Pero las cosas habían cambiado y Tarek era lo único que se interponía entre Tahar y sus enemigos. Era lo único que podía salvar a su nación de la ruina. Siempre había sido la espada de su pueblo, aunque en el presente tenía que ser también su cabeza. Un deber que debía ejecutar sin encogerse ni pestañear.

–Algún día.

–Con todos mis respetos, vuestro retraso en dar un heredero a vuestro pueblo es la razón por la que ambos estamos aquí. Yo no le di un hijo a mi marido mientras pude y tu hermano tampoco tuvo descendencia mientras estaba vivo. Por eso, yo me encuentro desplazada. Mi cuñado tiene tan poco interés en casarse conmigo como yo en ser su esposa. Y tu posición en el trono se ve amenazada por tu primo, que quiere arrebatarte el puesto. Si he aprendido algo en el último año es que retrasar la procreación puede ser un error demasiado caro.

Tarek se recostó en la butaca, en la que no conseguía sentirse cómodo. No estaba acostumbrado a los muebles de palacio.

Su primera impresión de Olivia había sido la de fragilidad. En ese momento, sin embargo, empezaba a preguntarse si se había dejado engañar por las apariencias.

Un hombre que había pasado tantos años en el desierto debía haber aprendido a no confiar solo en sus ojos. Los espejismos eran una realidad peligrosa.

Cuando el jefe de la tribu beduina con quien había estado viviendo en el desierto le había informado de la muerte de Malik, Tarek se había mostrado reticente a volver.

¿Qué podía ofrecerle él a su país como diplomático? La nación había quedado devastada bajo el mandato de su hermano y por el asesinato de sus padres hacía años.

Pero había jurado proteger a su país a toda costa. El trono y la protección de Tahar habían sido la razón por la que sus padres habían perdido la vida.

Por eso, había tenido que regresar y había aceptado el puesto de monarca. Tenía el deber de curar las heridas que Malik le había causado a su pueblo.

También por eso, por mucho que le desagradara, debía considerar los beneficios de casarse.

—En eso, tienes razón. Pero tengo otras opciones. Al menos, he demostrado que soy más difícil de matar que mi hermano.

Ella arqueó las cejas sobre unos ojos azules como el cielo.

—¿Alguien pretende matarte? Porque mi propia seguridad es prioritaria para mí. Si tienes enemigos, es posible que no me interese ponerme en peligro, ni a mis futuros hijos.

—Aprecio que cuides de ti misma. Sin embargo, la muerte de mi hermano no ha sido más que un accidente. Yo me he ocupado personalmente de sus enemigos.

—La forma de gobernar que hay aquí asegura que los enemigos nunca desaparezcan. Solo están silenciados. Espero que no tengas que pelear con su rabia.

—Yo no soy Malik. No pretendo seguir su ejemplo —señaló Tarek. Él pretendía gobernar para el bien de su pueblo, no para el suyo propio. Malik había intimidado a las masas, había ignorado la economía, había hecho oídos sordos al hambre de su pueblo. Se había gastado el dinero en dar fiestas y en regalarles casas a sus amantes.

Tarek no estaba sediento de poder. Solo quería el bien de su gente.

Su hermano había sido muy distinto desde pequeño. Se había convertido en un asesino, pero, por suerte, ya estaba muerto.

Olivia asintió despacio.

—Entiendo. Los cambios también pueden provocar problemas.

—Hablas como si lo supieras por experiencia.

Ella esbozó una suave sonrisa. Tarek nunca había conocido a una criatura tan refinada.

Las féminas que poblaban los campamentos beduinos eran fuertes y rudas, preparadas para luchar contra los elementos y contra los enemigos. No tenían nada que ver con el ridículo espécimen que tenía delante. Delgada y alta, tenía el cuello demasiado largo y frágil. Parecía a punto de romperse con el más leve de los golpes.

—Mi esposo hizo algunos cambios cuando subió al trono. Modernizó el país. Alansund era uno de los reinos más retrasados de Escandinavia y el rey Marcus hizo mucho por cambiar eso —dijo ella, y tragó saliva—. Los cambios siempre son dolorosos.

—Ahora tu nación se enfrenta a otro cambio. Un nuevo rey.

—Sí. Aunque confío en que Anton, mi cuñado, hará todo lo que pueda por su pueblo. Es un buen hombre.

—¿No lo bastante bueno como para que te cases con él?

—Está enamorado de otra mujer y quiere casarse con ella. Además, sería un poco raro ser la esposa del hermano de mi marido.

Tarek no era capaz de captar la razón de ser de esa objeción. Si su hermano, Malik, hubiera estado casado, le habría dado igual casarse con su viuda. A él poco le importaba de quién había sido esposa una mujer antes.

Aunque, por otra parte, tenía que reconocer que era un ignorante en lo que se refería a relaciones amorosas.

–¿Es él quien te ha enviado aquí? ¿Tu cuñado? –quiso saber Tarek.

Olivia asintió y dio unos pasos hacia el trono. El sonido de sus zapatos de tacón retumbó en la sala. Era un sonido intrigante y desconocido para el sultán.

–Sí. Pensó que necesitarías una reina. Y él tenía una de sobra.

Tarek reconoció un extraño sentido del humor en su comentario. Podía haberse reído, si hubiera sido dado a esas cosas. Hacía tiempo que había olvidado el sonido de la risa.

–Entiendo. Pero, lamentablemente, no me encuentro en posición de contraer matrimonio. Ahora, ¿puedes irte por ti misma o tengo que llamar a los guardias para que te saquen de aquí?

Olivia no estaba acostumbrada a que rechazaran su presencia. Aunque, en poco tiempo, era la segunda vez que le ocurría. Anton la había enviado a la otra punta del mundo, a un país extranjero. Con Marcus muerto, ella había dejado de ser importante. No tenía razones para sentirse ofendida. Después de todo, no era de sangre real y no había tenido un heredero. Había sido cuestión de política palaciega. No había sido nada personal.

El bien de Alansund era prioritario. Por eso, su unión con Marcus había ido destinada a asegurar las relaciones entre Estados Unidos y la pequeña nación escandinava.

Al morir su marido, Anton había intentado casarla con otro hombre, un diplomático de Alansund que iba a residir en Estados Unidos. Había tenido sentido, pero... a ella no le había gustado el hombre en cuestión. Además, tampoco había tenido interés en volver a su país natal. Ansiaba algo nuevo. Un cambio.

Con la muerte de Malik y la subida al trono de un nuevo sultán en Tahar, había surgido la oportunidad perfecta para que Olivia forjara una alianza con aquel lugar aislado, pero muy rico en petróleo y otros recursos naturales.

Anton se lo había pedido y ella había aceptado. En cierta forma, había esperado que el sultán hubiera sido... distinto.

Su presencia llenaba la sala con su fuerza y su poder. Aunque no era la clase de monarca al que ella estaba acostumbrada. Su marido, al igual que Anton, había sido un hombre muy culto, que había elegido con esmero las palabras al hablar y había irradiado una belleza aristocrática aplastante.

El sultán Tarek al-Khalij no poseía ninguna de esas cualidades. Era más una bestia que un hombre. Parecía encontrarse fuera de su elemento en el trono.

No era guapo.

Vestía una sencilla túnica y pantalones de lino, tenía el pelo moreno recogido hacia atrás con una cinta de cuero y la barba oscura ocultaba sus rasgos.

Sin embargo, había algo cautivador en él.

Sus ojos eran del color del ónix. Y la atravesaban con la mirada.

En cierta forma, Olivia debía estar agradecida de que la rechazara. No era la clase de hombre con el que había esperado casarse. Ella había visto fotos de Malik, su hermano, un hombre culto, cuidado y atractivo, igual que Marcus.

Había estado preparada para encontrarse algo así. Pero no para Tarek.

Lo malo era que no sabía qué sería de ella si regresara en ese momento a Alansund, sin haber cumplido su misión. Por nada del mundo quería volver a sentirse inútil y prescindible. Y tampoco quería decepcionar a su cuñado. Él era uno de los pocos buenos vínculos que mantenía con su país adoptivo.

No creía que Anton la expulsara de allí, aunque sabía que no había lugar para ella en el palacio de Alansund. No sería más que una molestia...

Algo parecido había experimentado durante su infancia. Había sido la niña olvidada, mientras que todo el mundo había dedicado su atención a Emily. La débil Emily había requerido cuidados a todas horas.

Sin embargo, no tenía sentido sufrir por el pasado. Sus padres habían hecho las cosas lo mejor que habían podido. Y ella había intentado ser una buena hermana. Aun así, la sensación de ser invisible la había dejado traumatizada.

—Espero que reconsideres tu decisión —insistió ella, sin pensarlo.

¿Era eso cierto?, se preguntó a sí misma. En parte, deseaba volver a su avión privado, meterse en la cama y pasarse todo el viaje de vuelta a Alansund acurrucada bajo la sábana en posición fetal.

Aunque eso era otro problema. Volver a Alansund implicaba meterse de nuevo en el avión, el mismo modelo en que había perecido su esposo. Tres píldoras para la ansiedad no habían bastado para hacer la ida más soportable.

—¿Sabes cuál ha sido siempre mi función en mi país? —preguntó él con tono misterioso.

—Ilústrame —replicó ella con frialdad.

—Yo soy la daga. La que un hombre guarda escondida bajo los pliegues de su capa. No mando los ejércitos. Mi lugar está en el desierto. Mi objetivo es asegurar la estabilidad de sus tribus. Fiel a la corona, he dirigido pequeños batallones cuando ha sido necesario. He aplastado a los rebeldes antes de que pudieran hacerse fuertes. He sido el enemigo de los enemigos de mi hermano. El que apenas sabían que existía. Dicen que quien a hierro mata a hierro muere. Si es cierto, supongo que estoy esperando mi golpe de gracia. Aunque, como te he dicho antes, soy difícil de exterminar.

Olivia sintió un escalofrío. Si había intentado asustarla, lo había logrado. Pero también había despertado su curiosidad, más poderosa que el miedo.

–¿Te han entrenado para ser rey? –preguntó ella.

–¿Te refieres a si sé cómo hablar con dignatarios extranjeros, dar discursos y comer con buenos modales en la mesa? No.

–Entiendo –dijo ella, dando un paso más hacia él. Se sentía como si se estuviera acercando a un tigre enjaulado. El cuerpo de Tarek emanaba una fuerza letal–. Entonces, tal vez podría serte de utilidad de otras maneras.

–¿Cómo? Si pretendes seducirme con tu cuerpo... –repuso él con tono despreciativo, mirándola de arriba abajo– como verás, no soy fácil de impresionar.

Olivia se sonrojó. No sabía si era de rabia o de vergüenza. Ni siquiera entendía por qué iba a sentir ninguna de las dos cosas. No conocía a ese hombre. Y su desprecio no debía significar nada para ella. Confiaba lo bastante en su propio atractivo. Marcus nunca se había quejado.

Haciendo un esfuerzo por no encogerse y por no

dar rienda suelta a sus emociones, se recordó que, si estaba allí, era porque se lo debía a Anton. Quería servir a su país adoptivo.

—Cualquier mujer puede ofrecerte su cuerpo —señaló ella con tono indiferente—. Muy pocas han sido formadas para pertenecer a la realeza. Como te he dicho, soy estadounidense. Procedo de una familia muy rica, pero no de la realeza. Tuve que aprender muchas cosas antes de poder convertirme en reina. Podría enseñarte.

Tarek apenas cambió de expresión.

—¿Crees que eso me puede interesar?

—A menos que quieras que el país que tanto has defendido se vaya a pique, creo que sí. En política, es precisa una clase de fuerza distinta. Como hiciste con tus habilidades físicas, debes practicar y aprender.

—No tengo que casarme contigo para que me enseñes.

—Es verdad. Tal vez, sea una buena manera de empezar.

—¿Qué propones?

—Dame algo de tiempo para demostrarte lo valiosa que puedo ser. El matrimonio es un paso demasiado serio para dos personas que no se conocen.

Él ladeó la cabeza.

—¿Te has casado con un extraño en otra ocasión?

—Marcus no era un desconocido para mí cuando nos casamos. Nos conocimos en la universidad.

—Entonces, ¿fue una boda por amor? —preguntó él, arqueando una ceja.

—Sí —afirmó ella, y tragó saliva, un poco incómoda—. Es otra razón por la que no descarto la idea de un matrimonio de conveniencia para ambas partes. Nunca sería posible repetir una unión como la que ya he tenido con un hombre.

—Te puedo prometer que, si nos casamos, no se parecería en nada a la unión que compartiste con tu primer marido.

Olivia no lo puso en duda.

—Bien. No me envíes de vuelta. Dame un mes. Te ayudaré con los temas diplomáticos y podemos mantener una especie de cortejo. Eso les gustará a los medios de comunicación y a tu pueblo. Si no funciona, no pasará nada. Pero si sale bien... bueno, resolverá varios problemas.

De forma abrupta, Tarek se puso en pie con la agilidad de una cobra.

—Olivia de Alansund, tenemos un trato. Tienes treinta días para convencerme de que eres indispensable. Si lo logras, te haré mi esposa.

Capítulo 2

UNO de los criados te mostrará tus aposentos.

–¿No podrías enseñármelos tú? –pidió ella. No sabía por qué demandaba pasar más tiempo con él. Tal vez, fuera un intento de recuperar el control de la situación.

A Olivia no le gustaba que las cosas se le escaparan de las manos. Durante los dos últimos años, se había sentido como un meteorito a la deriva en el espacio. Odiaba esa sensación. Era demasiado parecido a lo que había vivido de niña, con el espectro de la enfermedad sobrevolando su hogar.

De todas maneras, no era momento para derrumbarse, ni para pensar en sí misma. Había cosas más importantes que tener en cuenta, como el bien de su país adoptivo.

–Te aseguro que no tengo ni idea de dónde están los cuartos de invitados.

–¿No conoces la disposición de las habitaciones en tu palacio?

Tarek dio unos pasos hacia ella.

–Este no es mi palacio, sino el de mi hermano. Llevo su corona y me siento en su trono.

A Olivia le resultó imposible respirar al verlo acercarse. No se parecía en nada a los hombres que ella había conocido. No tenía nada que ver con su padre, amable y sofisticado. Ni con su culto marido. Ni con su sólido y tranquilo cuñado. Tarek tenía mucha más fuerza. Absorbía todo a su alrededor, como un poderoso agujero negro.

—Nada de esto me pertenece. Yo no estoy hecho para ser rey. Si quieres moldear mi persona para hacerme encajar en el papel, debes ser consciente de ello.

—Entonces, ¿qué solución se te ocurre? Porque, quieras o no, eres el rey —comentó ella. Le sorprendió ser capaz de seguir hablando, a pesar de lo impresionada que estaba por su cercanía.

—Supongo que tú eres la solución. Los consejeros de mi hermano me desesperan. Me parecen unos lisonjeros que no tienen personalidad propia. No los quiero a mi alrededor.

—Vamos, a la mayoría de los gobernantes les gusta que les bailen el agua.

—Solo un hombre busca la admiración de los demás. Un arma solo quiere ser usada. Y eso, Olivia de Alansund, es lo único que yo soy.

Ella tragó saliva, tratando de mantener la calma y la compostura.

—Entonces, te enseñaré a luchar del modo en que lucha un rey.

Cuando Tarek comenzó a caminar a su alrededor, ella se estremeció.

—Me preocupan las cosas que he dejado desatendidas.

—Estoy segura de que sabes más sobre muchas cosas que tu hermano —sugirió ella—. Usa tus conocimientos. Y deja que te ayude con lo demás. Interactuar con los diplomáticos es política, mi especialidad. Mi marido me enseñó todo lo que sé.

–Bueno, entonces, espero que me lo demuestres. Sígueme –indicó él, pasando delante de ella.

Olivia se esforzó por seguir sus pasos. Era casi imposible. Era mucho más alto y una sola zancada suya equivalía a tres de ella. Con los finos tacones, se sentía como un cervatillo asustado correteando sobre el suelo de mármol.

–¿Adónde me llevas? Dijiste que no sabías dónde estaban mis aposentos.

–Dame un poco de agua, déjame en el desierto y encontraré el camino de vuelta. Aun así, este palacio me resulta un laberinto. Está demasiado oscuro. Dependo del sol para orientarme.

–Interesante. Pero ¿me estás llevando a mi habitación o al desierto?

En ese momento, una sirvienta apareció en el pasillo con la vista baja.

–Estás aquí. ¿Existen habitaciones de invitados para alojar a la reina? –preguntó él con tono autoritario.

–Sultán Tarek, no sabíamos que iba a tener una invitada –repuso la joven con los ojos muy abiertos.

–Sí, porque yo no os lo dije. Pensé que mis consejeros se habían ocupado de eso. Hasta las cosas más sencillas resultan difíciles aquí. En el desierto, cada persona busca lo que necesita. No tenemos tanta burocracia inútil.

La sirvienta lo miró sin saber qué decir.

–Me servirá cualquier habitación que esté disponible –indicó Olivia, intentando suavizar la tensión–. También necesito que me traigan las maletas del coche.

La criada asintió.

–De acuerdo. La habitación más cercana a los aposentos del sultán tiene la cama hecha. Es la más rápida de preparar.

Cuando Tarek se puso rígido, Olivia intuyó que no le agradaba tenerla cerca.

–Me parece bien –dijo ella antes de que él pudiera negarse. Después de todo, su objetivo era estar cerca del sultán.

–Hazlo, pues –ordenó Tarek.

La criada asintió y salió corriendo.

–Supongo que sabes cómo encontrar tu habitación –dijo Olivia.

–Así es. Sígueme.

Atravesaron un laberinto de pasillos con paredes de plata y suelos de piedra. El palacio de Alansund albergaba las joyas de la familia real. Ese palacio parecía estar hecho de ellas. Era el lugar más ostentoso que Olivia había visto jamás.

–Es precioso.

–¿Sí? –preguntó él, parándose en seco para mirarla–. A mí me resulta opresivo.

Era un hombre extraño, pensó Olivia. Impenetrable como una roca y, al mismo tiempo, sincero en sus palabras.

–Supongo que estás acostumbrado a los espacios abiertos y, por eso, te resulta difícil vivir entre paredes de piedra.

–Estoy acostumbrado a las paredes de piedra. He pasado mucho tiempo viviendo en cuevas. Y en un pueblo abandonado en medio del desierto. Pero no tengo buenos recuerdos de eso –contestó él.

A pesar de lo intrigada que estaba, Olivia intuyó que no serviría de nada seguir preguntándole. Se recordó a sí misma que, de todos modos, no necesitaba saber qué había pasado en aquel pueblo. Ni necesitaba comprender a Tarek.

Solo necesitaba que se casara con ella.

Una oleada de miedo la invadió al pensarlo. De pronto, se preguntó por qué había aceptado casarse con un extraño.

Lo hacía por Alansund y porque Anton se lo había pedido. Lo hacía porque era una reina sin trono y sin marido, porque no tenía adónde ir.

Tragándose su miedo, siguió al sultán hasta unas puertas ornamentadas que él abrió sin decir nada.

—Eres un conversador excitante, ¿te lo han dicho alguna vez?

—No —repuso él, ignorando el sarcasmo.

—No me sorprende.

—Nunca se me requirió que ofreciera conversación.

Con aquella afirmación, Tarek expresó toda su impotencia. Y, de alguna manera, con esas palabras, Olivia se sintió conectada con él. Los dos se encontraban en una situación para la que no habían sido preparados. Ella había sido desposeída de su estatus y había perdido al hombre que formaba parte de su alma. Y Tarek había sido arrancado del desierto para desempeñar un papel que lo alienaba.

—Encontraremos la manera de arreglar eso —afirmó ella, no muy segura de si para tranquilizarse a sí misma o a él.

—Y, si no es así, volverás a tu casa.

—No tengo casa —negó ella—. Ya no.

—Entiendo. Yo sí tengo hogar. Pero no puedo regresar a él.

—¿Y si construimos uno nuevo aquí?

Olivia intentó imaginarse cómo sería tener un vínculo con ese hombre, pero le resultó imposible. Aunque no más imposible que regresar a Alansund.

–Si no es así, tal vez podamos limitarnos a impedir que el palacio se convierta en una ruina, junto con el resto del país. ¿Qué te parece?

–Es mucho esperar de una desconocida –comentó ella.

–Prefiero confiar en ti que en cualquiera de los empleados de mi hermano.

–¿Tan malo era?

–Sí –afirmó él, sin dar más explicaciones.

–Entonces, tal vez no tengas que esforzarte tanto como crees. A tu pueblo le parecerás bueno solo por comparación.

–Tal vez.

Olivia no dijo nada. Se quedó callada a su lado, sintiéndose extrañamente incómoda.

–Creía que querías ver tu habitación.

–Así es –repuso ella y, pasando de largo ante él, dio una vuelta a su alrededor. No se parecía a los dormitorios de su palacio escandinavo, aunque también era magnífico. Como el resto del edificio, resplandecía de joyas. La cama tenía un dosel de oro, tallado como si estuviera hecho con ramas de árboles–. Creo que me siento un poco... –comenzó a decir y, cuando se giró, se dio cuenta de que estaba hablando sola.

Tarek se había ido sin decir palabra. Obviamente, había terminado con ella por el momento.

Se había quedado sola de nuevo. Algo que se había convertido en lo más común en los últimos meses.

Odiaba la sensación de vacío.

Sentándose en el borde de la cama, trató de liberarse del miedo y la tristeza que la asfixiaban.

–No puedes derrumbarte ahora –se dijo a sí misma–. No debes derrumbarte nunca.

Tarek no estaba seguro de si era un recuerdo o un sueño. O ambas cosas.

Como le había ocurrido siempre que había regresado al palacio, los fantasmas del pasado lo acosaban.

Se había pasado demasiados años en el desierto con una espada como única protección. Allí, no había tenido miedo. Lo peor que le había esperado había sido la muerte. Pero, en el palacio, era distinto. Aquello era una tortura.

Se sentó, empapado en sudor. Estaba desorientado.

Se había despertado en el suelo, con una manta enredada en el cuerpo desnudo. Alerta, se puso en pie de un salto, mirando a su alrededor en la oscuridad. Se sentía como si se estuviera muriendo.

Tomó la espada de la mesilla. Algo andaba mal, pero no estaba seguro de qué era. Su mente era un nido de demonios y no podía ver con claridad ni decidir cuál debía ser su próximo paso. Por eso, se aferró a lo que conocía.

La violencia y el objetivo de derramar sangre antes de que nadie hiciera correr la suya.

El sonido de un trueno despertó a Olivia. Se sentó con el corazón acelerado, desorientada y confundida.

Cuando oyó el sonido de una espada contra la piedra se aferró con más fuerza a la manta. Por primera vez, temió por su vida. Había dado por sentado que estaría a salvo en el palacio de Tahar. Sin embargo, podía ser demasiado tarde para darse cuenta de su error.

Salió de la cama y se puso la bata. Sin hacer ruido, caminó hasta la puerta, sintiendo el frío mármol bajo los pies. Armándose de valor, agarró el picaporte y abrió.

Cuando asomó la cabeza, se quedó sin aliento al ver la imponente figura que se erguía en la oscuridad. Era un hombre alto, impresionante, desnudo. En la mano, la luz de la luna iluminaba una espada.

Olivia sintió terror, sí, y se quedó paralizada. Pero también la invadió una inusitada fascinación.

El hombre se giró y le vio la cara. Era Tarek.

Casi no parecía humano. Parecía más bien un guerrero vikingo de otra época. Tenía el pecho ancho y los brazos más musculosos que ella había visto. Era como una estatua de carne y hueso, un espécimen masculino moldeado a la perfección por las manos del artista.

Tarek se volvió de nuevo y se dirigió hacia ella. Paralizada, Olivia dejó de respirar. Pero, antes de llegar a su puerta, él se detuvo delante de su propia habitación.

Sin duda, el sultán no sabía dónde estaba. Quizá, estaba sufriendo un episodio de sonambulismo, pensó ella. Si no, no se estaría paseando desnudo por el palacio.

Entonces, cuando la luz que se filtraba por la ventana bañó su espalda y un poco más abajo, a Olivia se le aceleró el corazón y se le calentó la sangre en las venas.

Llevaba dos años sin tocar a un hombre. Pero no podía ser esa la explicación, se dijo a sí misma.

Sin embargo, allí estaba, cautivada por la visión de un hombre desnudo con una espada en la mano.

Debería pedir ayuda. Aunque tenía la garganta demasiado seca como para gritar.

En ese momento, él se volvió otra vez, la luz iluminó su rostro y Olivia se quedó perpleja al ver en él tanto dolor. Era la expresión de un hombre torturado.

Fue entonces cuando Olivia cerró la puerta y echó el cerrojo. Se ató la bata con más fuerza y se metió entre las sábanas. Lo único que podía escuchar era el latido de su corazón y su propia respiración entrecortada.

La llegada del amanecer se le iba a hacer eterna.

Capítulo 3

TAREK se sentía como si no hubiera dormido. Era raro, teniendo en cuenta que vivía en un palacio y antes había vivido en ruinas de casas abandonadas. Lo lógico era dormir mejor en un lugar protegido por guardias, con un colchón mullido y limpio. Sin embargo, no había logrado descansar.

Llevaba despierto solo una hora y ya había sido acosado por varios sirvientes en los pasillos. Había que tomar demasiadas decisiones antes de comenzar las rutinas del día.

En el desierto, había hecho una hoguera al amanecer cada mañana y se había preparado agua para café. Había comido pan o cereales que había adquirido de alguno de los mercaderes con los que se había cruzado de mes en mes.

Se había pasado la mañana preparándose para el día, saboreando el tiempo y lo que la Madre Tierra tenía reservado para él. Había trabajado duro y, cuando su hermano lo había necesitado, había cumplido con misiones peligrosas y sangrientas. Pero también se había pasado muchos días seguidos sin hablar con nadie y sin hacer mucho más que ejercicio físico y atender su campamento.

Cuando los problemas habían acechado, se había

ido a los asentamientos beduinos y se había mezclado con sus hombres para ver qué había podido hacer para proteger sus fronteras. A excepción de esos momentos, había llevado una vida solitaria.

El palacio siempre estaba lleno de gente por todas partes.

A Tarek no le gustaba. Igual que no le gustaba esperar.

En ese instante, estaba a la espera de su café. El desayuno de un rey era demasiado recargado para su gusto. Queso y fruta, cereales, carnes. Su hermano había sido un amante de la buena mesa. En su opinión, había sido una más de sus debilidades, algo que sin remedio le había llevado a la corrupción.

Para Tarek, la comida no era nada más que algo que debía cumplir su sencillo objetivo, el de alimentar el cuerpo como mero combustible.

Al entrar en el comedor, el sultán vio a Olivia sentada a la cabecera de la mesa con un plato lleno de manjares delante de ella. Cuando lo vio, le sonrió. Tenía una sonrisa bonita. Labios rosas, dientes blancos. Le gustaba.

Lo cierto era que no era una mujer desagradable a la vista.

Aunque, igual que nunca le había dado más importancia de la debida a la comida, Tarek tampoco solía admirar la belleza de las mujeres.

—Buenos días —saludó ella, sonrojándose un poco.

—Buenos días —repuso él, aunque no lo pensaba.

—¿Qué tal has dormido?

—Supongo que mal. Sigo cansado.

Ella asintió despacio.

—¿Y no sabes por qué?

Un fugaz recuerdo asaltó a Tarek. Miedo. Dolor. Angustia.

Intentó dejarlo de lado. Sin embargo, el peso de la memoria lo aplastaba desde que había vuelto a palacio. Sobre todo, desde que había descubierto los diarios privados de su hermano.

Malik había ordenado la muerte de sus padres. Era un secreto que Tarek no podía compartir con su país, pues su pueblo ya había sufrido bastante a manos de su hermano. Sus gastos desaforados habían dejado a la gente sumida en la miseria, ahogada por unos impuestos excesivos y las infraestructuras de la nación abandonadas.

Él no podía hacerles más daño.

Además de admitir que había asesinado a sus padres, Malik confesaba en sus diarios cómo había torturado y manipulado a Tarek para convertirlo en un arma que pudiera utilizar a su antojo.

Si su hermano no estuviera muerto, él lo habría matado tras haber descubierto sus escritos.

No había duda de que Malik lo había transformado. Pero su tortura no había servido más que para fortalecerlo. Y para ligarlo a su pueblo.

No abandonaría a su nación por nada del mundo.

—No me gusta este sitio —dijo él.

—¿Qué desea tomar, mi sultán? —le preguntó una criada.

—Café. Y pan.

La sirvienta lo miró como si estuviera loco, pero se limitó a asentir y se retiró a cumplir su orden, dejándolos a solas.

—Tú sabes que no he dormido —adivinó él, sin tomar asiento—. Cuéntame.

Ella abrió mucho los ojos, arqueando las cejas.

–¿Cómo lo sabes?

Tarek sonrió. Podía no tener experiencia con las mujeres, pero Olivia de Alansund era fácil de descifrar.

–Te quedas muy callada y tratas de mostrarte calmada cuando guardas un secreto. Creo que ocultas mucho bajo la superficie. Eres una mujer muy diplomática, pero tienes descuidos de vez en cuando. Tienes la lengua muy larga. Y, si no hablas, es porque te estás esforzando en callar algo.

Ella se sonrojó todavía más. Al verla, Tarek experimentó una extraña y desconocida sensación de satisfacción.

¿Por qué no?, se dijo a sí mismo. Se sentía demasiado fuera de su elemento en aquel lugar. Era muy reconfortante saborear una pequeña victoria.

De haber sido el dueño y señor del desierto, había pasado a ser un hombre incapaz de conciliar el sueño. Estaba enjaulado. No había nada que odiara más que la sensación de impotencia. Algo que lo había asediado desde que había entrado en palacio. Por eso, aquella pequeña victoria le sabía más dulce que la miel.

–Eres sonámbulo –indicó ella, sin andarse con rodeos–. Te levantaste desnudo. Con tu espada.

Algo en sus palabras hizo que a Tarek le subiera la temperatura. No estaba seguro de por qué. Ni estaba acostumbrado a no tener el control de su propio cuerpo.

–No lo sabía –dijo él con tono seco.

–Eso explica por qué estás tan cansado por la mañana –continuó ella–. ¿Por qué no te sientas?

–No me apetece sentarme. Tengo asuntos que atender.

–No te hará daño desayunar –insistió ella con una suave sonrisa.

–¿Qué te hace tanta gracia?

–Ya hablamos como una pareja casada –dijo ella, y bajó la vista a sus manos, que descansaban sobre la mesa–. Mi marido nunca se tomaba tiempo para desayunar. Comía algo poco saludable con un café mientras iba de camino a su despacho.

Ella parecía triste y Tarek no supo qué hacer al respecto.

–Parece que estaba hecho para esta clase de vida.

–Amaba a su país. Aunque siempre andaba con prisa por la mañana porque se solía quedar hasta tarde despierto por la noche, en alguna fiesta –contestó ella–. Y se pasaba todo el día intentando ponerse al día con los asuntos pendientes. Era muy joven y llevaba un peso muy grande sobre los hombros.

–Yo no soy tan joven y, aun así, el peso me resulta aplastante.

–¿Cuántos años tienes?

–Creo que treinta.

–¿No estás seguro? –preguntó ella, frunciendo el ceño.

–He perdido la cuenta. Nunca he tenido fiestas de cumpleaños ni nada parecido.

Olivia frunció el ceño todavía más. Parecía muy preocupada por su falta de tartas.

–¿Nunca?

–Quizá alguna vez –repuso él, luchando para no recordar aquellos tiempos–. Pero yo era mucho más joven.

Había sido cuando sus padres estaban vivos. Era una época que prefería guardar oculta en su memoria. A veces, veía en sueños la cara de su padre. El viejo sultán le hablaba, pero él no podía entender sus palabras.

—Yo siempre he soplado velas en mis cumpleaños. Aunque a veces no tenía con quién celebrarlo. Cuando tuve edad suficiente, hacía viajes con mis amigas. Siempre intentaba no estar sola en el día de mi cumpleaños —indicó ella.

—¿Por qué no tenías con quién celebrarlo cuando eras pequeña?

—Mis padres estaban ocupados —contestó ella, apartando la mirada—. Tengo veintiséis años, por si te interesa.

—No me interesa —replicó el sultán, y era cierto. Sentía curiosidad por ella, pero la edad significaba poco para él.

—No me sorprende, ya que tampoco te preocupa tu propia edad.

—¿A la gente le preocupa su edad?

—¿Cuánto tiempo has estado en el desierto? —quiso saber ella, arrugando el ceño.

—Desde que tenía quince años. De vez en cuando, volvía a palacio para hablar con mi hermano. Pero rara vez me quedaba a dormir —explicó él. No le había gustado ese lugar y, sobre todo, había aborrecido la idea de compartir alojamiento con Malik.

En realidad, el mundo le parecía un lugar mucho mejor desde que no tenía que compartirlo con él.

—Me impresiona que puedas mantener una conversación tan bien como lo haces.

—He convivido con muchas tribus de beduinos. Aunque la mayor parte del tiempo he vivido solo.

–¿Y soñabas cuando vivías solo? –preguntó ella, ladeando la cabeza.

–No lo creo.

–¿Soñaste algo anoche?

Él intentó recordar, pero todo era borroso.

–No fue un sueño, fue otra cosa. Algo me despertó. El dolor –contestó él. Y el recuerdo. Pero eso no quiso confesarlo.

Entonces, reapareció la criada con una cafetera, una taza y una cesta con panecillos.

–Siéntate –dijo Olivia, arqueando una ceja.

En ese instante, Tarek se dio cuenta de una de las cosas que le parecían tan extrañas de ella.

–No me tienes miedo –adivinó él. Se sentó y se sirvió una taza de café.

–Anoche, tuve miedo –reconoció ella–. Tenías una espada.

–No te hice daño ni te amenacé, ¿verdad? –preguntó él con el corazón encogido.

–¿Te sentirías mal si hubiera sido así?

Tarek se tomó su tiempo para pensar la respuesta.

–Siempre me he tomado muy en serio mi deber de proteger a las mujeres y los niños. No me gustaría hacerte daño. Ni asustarte.

–Hablas como un hombre –observó ella–. Pero me pregunto si también sientes como un hombre.

–¿Por qué?

–Te piensas mucho las respuestas. Para la mayoría de la gente, no es difícil saber cómo les haría sentir algo.

–No he dedicado mucho tiempo a examinar mi interior.

–Hablas muy bien –comentó ella, pensativa–. No

será tu forma de hablar lo que nos resultará problemático, sino las cosas que dices.

—Siempre puedes escribirme los discursos.

—Supongo que ya hay alguien en palacio encargado de eso.

—Despedí a la mayoría de los empleados de mi hermano.

—¿Qué hizo para ser tan malo?

—Lo fue y punto —repuso él, cortante.

—¿Por qué te levantas sonámbulo?

—No lo sé —confesó él con frustración. Apretó los dientes—. Ni siquiera sabía que lo hiciera. ¿Cómo diablos voy a conocer la razón?

—Yo tuve que tomar pastillas para dormir durante seis meses después de... A veces, cuesta conciliar el sueño —indicó ella, y tragó saliva con un nudo en la garganta.

—Yo no pienso tomar somníferos. Necesito estar alerta para actuar si es necesario.

—Aquí estás rodeado de guardias.

—Olvidas que, además del ejército y la guardia real, también me necesitaban a mí.

—Es verdad. Pero ahora eres el rey. Y a mí solo me quedan treinta días más.

—Veintinueve.

—No. Treinta. Ayer apenas interactuamos unos minutos.

—Veintinueve.

Ella soltó un suspiro exasperado, mirando al techo.

—Esa actitud no va a hacer las cosas nada agradables.

—Lo siento por ti. No soy un hombre agradable.

Olivia se puso en pie.

—Y yo tampoco soy agradable, si me provocan. No he llegado a donde estoy por ser una delicada flor —le espetó ella, levantando la barbilla—. Lo primero que necesitas es cortarte el pelo. Y afeitarte. Y un traje.

—¿Todo hoy?

—Como solo me quedan veintinueve días, tal vez decida que hagamos todo lo que podamos esta tarde. Depende de lo ambiciosa que me sienta.

—¿Por qué me suena a mal presagio?

—Porque tampoco soy agradable cuando me siento ambiciosa —respondió ella, cruzándose de brazos—. Voy a hacer unas llamadas. Nos veremos en tu despacho dentro de media hora.

Acto seguido, Olivia se dio media vuelta y salió del comedor, dejándolo solo en la mesa.

Capítulo 4

OLIVIA tuvo la tentación de recurrir a sus pastillas para la ansiedad antes de ir a reunirse con Tarek en su despacho. Pero no lo hizo. Necesitaba guardarlas para sus ataques de pánico, algo que, por suerte, solo sufría cuando tenía que tomar un avión. Debería haberse tomado una, también, cuando había visto a aquel hombre desnudo con una espada. Aunque, entonces, el pánico no había sido su emoción dominante.

Enderezando la espalda, levantó la mano para llamar a la puerta. No debía darles más vueltas a los sentimientos contradictorios y acalorados que la habían poseído cuando lo había visto en el pasillo la noche anterior, desnudo y con expresión torturada.

Estaba cansada de recordar su imagen sin ropa una y otra vez.

Sin embargo, tampoco ese era un asunto que debía serle indiferente. Después de todo, había ido allí a casarse con él. Y el propósito era darle un heredero.

Para Olivia, el sexo no era algo negativo. Era parte del matrimonio y no le disgustaba. Siempre había sido consciente de que, si se casaba con el sultán, no podría seguir siendo célibe, como había sido en los últimos dos años, desde la muerte de su marido.

Decidida a pensar en otra cosa, llamó a la puerta.

Muchas cosas eran inocuas en apariencia, pero peligrosas en el fondo. Tarek, su cuerpo desnudo y lo que ella sentía al respecto pertenecían a ese grupo de cosas.

—Entra.

Olivia abrió y cerró la puerta tras ella. Al verlo delante de la mesa con la postura de un soldado y las manos entrelazadas detrás de la espalda, se quedó sin respiración. No había logrado acostumbrarse a su imponente figura, que no dejaba de admirarla.

—Ya he entrado. Ahora podemos empezar.

—Estoy dispuesto a seguir tus instrucciones en lo que se refiere a mi formación como monarca. Pero eso no significa que vayas a tomar el control de mi vida diaria.

—Solo durante los próximos veintinueve días.

Él se rio.

—No. Si vas a ser mi esposa, es mejor que comencemos bien desde el principio. No sé cómo funcionaba tu matrimonio anterior. Sin embargo, si te convirtieras en mi esposa, debes tener claro que no vas a ser mi niñera.

—No creo que deba serlo —repuso ella, sintiendo que se le encogía el estómago—. Y no quiero hablar de mi primer matrimonio.

—Tú misma hablaste de tu marido esta mañana.

—Es diferente si soy yo quien saca el tema.

—¿Son todas las mujeres tan difíciles?

—Solo cuando tratan con hombres imposibles.

—Entonces, esto será interesante —comentó él con gesto impasible.

—Estoy de acuerdo —dijo ella—. Supongo que el palacio cuenta con un peluquero.

—No estoy seguro. Podemos averiguarlo —replicó

él, se dirigió a la puerta, salió al pasillo y gritó unas palabras en su idioma.

—¿Qué haces?

—Estoy investigando si hay una cuchilla de afeitar. ¿No es eso lo que querías?

—Supongo que tienes un teléfono en la mesa. Creo que será más directo para localizar a los criados que dar voces como un animal.

—No se me había ocurrido —reconoció él, y volvió a entrar y cerrar la puerta. Junto a la mesa, miró hacia el teléfono.

—¿Sabes cómo funciona?

—Lo he usado alguna vez —afirmó él con tono críptico.

—Tengo una idea mejor. Vamos al baño. Seguro que encontraremos algo.

—Supongo que sí —dijo él, no muy convencido.

—Sígueme.

Olivia se dirigió hacia la puerta, pero no lo oyó moverse.

—¿Vienes?

Entonces, sintió su calor detrás de ella, su cálido aliento en el cuello. Su proximidad la quemaba con la ferocidad de una chispa en paja seca.

—No soy un perro al que puedas dar órdenes. No te equivoques, mi reina. No soy tu mascota. Haré lo que tenga que hacer por el bien de mi país. Pero seguiré siendo siempre el mismo hombre. No soy bueno. Ni soy malo. Soy un hombre que hace lo que es necesario. Es mejor que lo recuerdes siempre.

Olivia se quedó paralizada un momento, tratando de recuperar el aliento. Él la adelantó y salió del despacho sin esperarla. Parpadeando, ella lo siguió.

Tarek llegó hasta el ala donde estaban sus aposentos, mientras ella lo seguía obedientemente. Abrió la puerta de su suite de par en par.

Olivia había estado en muchos palacios durante su reinado. Pero todos palidecían ante el esplendor del palacio de Tahar. Los aposentos del sultán eran enormes y suntuosos.

El baño no estaba apartado del dormitorio. Una gigantesca bañera y varios espejos podían verse desde donde ella estaba en la puerta.

—No me extraña que no pudieras encontrar una cuchilla de afeitar. Aquí cabría todo un ejército.

—Solo uno pequeño —puntualizó él.

—Supongo que tienes razón —repuso ella con una sonrisa—. Bien, si yo fuera una cuchilla de afeitar, me escondería en un cajón —indicó, y lo miró, esperando encontrar una muestra de humor. Pero él seguía serio como una roca.

Meneando la cabeza, Olivia se adentró en la sala y se dirigió al lavabo. Se agachó y, en uno de los cajones, encontró un neceser con un equipo completo de afeitado.

—Lo tengo —dijo ella, sacó el neceser de cuero y lo colocó sobre la encimera de azulejos.

Cuando, acto seguido, Tarek se quitó la camisa, Olivia se quedó allí parada con los ojos muy abiertos. Estaba cautivada. Por su fuerza. Por sus músculos. Por su piel dorada cubierta de vello oscuro. Y por el halo de fuerza y ferocidad que irradiaba su cuerpo.

Él avanzó con la agilidad de un depredador.

Ella era su presa, se dijo Olivia. No podía correr. No podía esconderse. Así que esperó.

Sin embargo, se recordó a sí misma que debía mantener el control. Respiró hondo.

–¿Era necesario que te desnudaras?

–Sí –afirmó él, arqueando una ceja. Sin decir nada más, sacó el contenido del neceser.

Olivia contempló fascinada sus movimientos, directos, capaces y llenos de armonía. Para ser un hombre tan grande, tenía la agilidad de un felino. Y manejaba la cuchilla con la precisión de un arma.

No tenía por qué quedarse allí para presenciar cómo se acicalaba, se dijo ella. Pero no fue capaz de apartar la mirada. Tampoco él se lo pidió.

Era una sensación muy extraña, sentirse clavada al suelo, incapaz de centrar la atención en nada que no fuera el hombre que tenía delante.

¿Era tan fácil apegarse a alguien cuando se había pasado tanto tiempo aislada?

Olivia sintió un nudo repentino en la garganta al pensar en su casa vacía de la infancia. Para escapar a ese tipo de soledad, siempre había luchado por encontrar amigos, buscarse un lugar en el mundo, tener un marido. Sin embargo, no había servido de nada, porque había terminado de nuevo sola. En un palacio, en vez de un ático neoyorquino, pero sola.

Allí, tenía a Tarek. Tenía un objetivo. Una tabla a la que aferrarse en el océano, mientras que antes había flotado a la deriva.

Tarek abrió el grifo, tomó agua con las manos y se salpicó la cara. Las gotas le cayeron por el cuello, por el pecho. De pronto, ella tuvo sed. Mucha sed.

Hipnotizada, se quedó viendo cómo se pasaba la cuchilla con la misma maestría con que le había visto sujetar la espada.

Si le había resultado imponente con barba, la cara que se escondía debajo era impresionante. Era una belleza fiera como el desierto. Dura, ruda. Desde su nariz afilada a sus labios sensuales. Sin la competencia de la barba, las cejas parecían más fuertes, más oscuras y hacían que sus ojos negros resultaran más poderosos e irresistibles.

¿Cómo había podido pensar que no era atractivo?, se preguntó a sí misma. Habían cambiado demasiadas cosas desde la primera vez que lo había visto hasta el momento en que lo había sorprendido de noche, en el pasillo, desnudo.

Cuando el sultán hubo terminado, se aclaró la espuma que le quedaba. Se enderezó y la miró.

Era como si estuviera delante de un hombre diferente, pensó Olivia. A excepción de aquellos ojos inconfundibles.

Tenía el pelo moreno mojado, suelto sobre los hombros. Iba a tener que cortárselo también, se dijo.

Olivia se acercó, mientras él la esperaba quieto como una roca. A ella le latía el corazón tan fuerte que apenas podía oír nada más. Titubeó un momento, pensando que tal vez fuera mejor contenerse. Pero ¿por qué? No había motivo para reprimir la atracción que experimentaba.

Quizá era porque hacía mucho tiempo que no había estado con un hombre. O porque se sentía sola. Aunque las razones no importaban. Su misión era casarse con él, después de todo.

La química era una poderosa razón para el matrimonio, se dijo.

Lo miró, intentando adivinar sus pensamientos. Pero no vio en sus ojos nada más que un abismo insondable. Aun así, como un niño atraído por un pozo sin fondo, continuó avanzando hacia él.

El sultán olía a limpio y a jabón. Incluso algo tan sencillo como eso le resultó a Olivia irresistible.

Sin embargo, Tarek era un extraño. Había esperado dos meses para darle a Marcus su primer beso y había esperado a tener un anillo de compromiso antes de entregarle su cuerpo.

Pero la fuerza irresistible que la empujaba a seguir avanzando era demasiado poderosa.

Tarek era un hombre y ella era una mujer. Punto.

Alargó el brazo y le rozó la mandíbula con la punta de un dedo. Su piel era suave como el terciopelo. Notó que él se tensaba bajo su contacto.

–Estás muy bien así –comentó ella, acercándose todavía un poco más.

Con el corazón latiéndole a toda velocidad y los pezones endurecidos, posó la palma de la mano en el pecho desnudo de él. Estaba muy caliente. Y muy duro. Bajó despacio, acariciándole los abdominales.

Atravesándola con ojos de fuego, el sultán le dio un empujón.

–¿Qué estás haciendo, mujer?

De pronto, esa misma pregunta la sofocó. ¿Qué estaba haciendo? Apenas conocía a ese hombre, se repitió, avergonzada.

Pero ¿por qué debía avergonzarse? Estaba cansada de renunciar siempre a sus deseos. Pocas veces había tenido tantas ganas de hacer algo como en ese momento. Ansiaba tocarlo, saborearlo. Y era una suerte sentir eso hacia el hombre con quien debía casarse.

–Te estaba tocando –repuso ella, sin amedrentarse–. ¿Tanto te sorprende?

–¿Para qué?

–Porque quería tocarte.

–No lo hagas.

–Si nos casamos, eso sería un problema.

–Si nos casamos, veremos qué hacemos entonces.

–Oh, no lo creo. Es mejor que tratemos con esa clase de cosas ahora –afirmó ella, y tragó saliva–. Yo espero que el nuestro sea un matrimonio real.

–No creo que pudiera ser falso –señaló él, y recogió su camisa del suelo para ponérsela–. Tendría que ser legal, por supuesto.

–El papeleo no es lo único a tener en cuenta. Tienes que interactuar con la persona con la que te casas. La química y la compatibilidad sexual son importantes.

–Si es importante para ti y yo decido que el matrimonio entre nosotros es la mejor opción, entonces me aseguraré de satisfacer tus necesidades.

Sus palabras sonaban tan desapasionadas que ella no supo cómo responder. Tarek hablaba como si no fuera algo importante para él. Sin embargo, según la experiencia de Olivia, a los hombres les interesaba mucho el sexo. También había comprobado que era ventajoso sentir apetito sexual hacia el propio marido.

–Es importante –insistió ella, sin poder ocultar su fascinación por aquel hombre tan fuera de lo común.

–Entonces, si decidimos casarnos, nos enfrentaremos a ello.

–Yo no... no estoy segura de comprender –balbuceó ella, confusa.

–No hay nada que comprender.

Nunca en su vida había reaccionado un hombre con tanta indiferencia a su contacto. Aunque Olivia tampoco tenía tanta experiencia en ese campo. Marcus había sido su único amante, después de todo. Pero había coqueteado con muchos otros y siempre había tenido éxito. Sus intentos de conseguir atención del sexo opuesto siempre habían sido satisfactorios, a pesar de que no hubieran ido más allá de algunos besos inocentes.

En ese momento, se sintió de nuevo como la niña que había sido, suplicando cariño de sus padres, sin recibir nada.

—Pensé que tendrías algo que opinar al respecto, como la mayoría de los hombres.

—Los hombres son débiles. Sus apetitos reclaman constante satisfacción. Si yo me rindiera a mis apetitos, me convertiría en un esclavo. En mi posición, no puedo desear nada más que servir a mi país.

Sus palabras hicieron que algo floreciera en el corazón de Olivia. ¿Qué le pasaba?, se dijo a sí misma. ¿Por qué le importaba tanto lo que aquel extraño dijera?

¿Y qué más le daba que la rechazara?

—Tengo que ocuparme de que te corten el pelo —señaló ella. Cualquier cosa era mejor que concentrarse en los inesperados sentimientos que la asediaban—. Y necesitarás ropa adecuada.

—¿Qué tiene de malo mi ropa?

—¿Qué llevaba puesto tu hermano a los actos públicos? ¿Llevaba túnicas al estilo tradicional de Tahar o llevaba trajes occidentales? Eso es importante. Tengo que decidir cómo organizar tu guardarropa.

—Si te doy a probar un caramelo, intentas quedarte con toda la bolsa.

Ella sonrió, aunque se encogió por dentro ante la metáfora sexual de su comentario. Sí, si él le dejaba probar un poco de sí mismo, intentaría devorarlo entero.

—Para eso he venido —replicó ella, tratando de poner a buen recaudo sus inseguridades y el dolor del rechazo.

—Me da lo mismo lo que llevara puesto mi hermano. Yo prefiero ser distinto.

—Es un buen comienzo —opinó ella—. ¿Qué clase de gobernante quieres ser? Solo tú puedes responder a esa pregunta, Tarek.

—No creo que un rey lo sea para su propio regocijo. Creo que un hombre solo puede servir a su pueblo si tiene un propósito que va más allá de sí mismo.

—Hablas mucho de servir a tu pueblo.

—Llevar el peso de la responsabilidad de un país equivale a servir a los demás. Si lo haces solo por disfrutar del poder, no consigues nada.

Ella lo observó pensativa.

—Si estabas en desacuerdo con la forma de gobernar de tu hermano, ¿por qué no le dijiste nada?

—No era asunto mío. Mi misión era muy específica. Había llegado a un acuerdo con él hacía años.

—¿En qué consistía?

—Si me dejaba en paz, estaría a su disposición para proteger a nuestra gente —contestó Tarek con expresión sombría—. Fue un acuerdo mutuo que ambos respetamos. Él me llamaba cuando hacía falta ayuda y yo se la prestaba. Pero ahora estoy en una posición diferente.

—Ahora tienes el poder. Es lo bueno de ser un sultán. ¿Qué ropa te gustaría llevar? ¿Quién quieres ser?

—No tengo la capacidad de preocuparme por algo como la ropa. ¿Tal vez tiene algo de especial que se me escapa?

Olivia se enderezó, señalándose el delicado vestido blanco que lucía.

—La ropa es importante. Presenta cierta imagen. Me gusta pensar que la mía combina las ideas de lujo y sofisticación. Es algo que la gente valora en una reina, según me enseñaron.

—Entiendo... eso que dices.

—Bien. A ti te preocupa tu pueblo.

—Más que mi propia vida.

A Olivia se le encogió el estómago al pensar en que alguien se preocupara por ella con esa misma fuerza y determinación.

Tragó saliva. No. No podía desear lo inalcanzable, se recordó a sí misma.

—Tahar atraviesa una nueva época —comentó él con gesto serio—. Y yo soy capaz de dirigir a mi pueblo hacia los nuevos tiempos. Mostrémoselo.

—Bien. Como no te puedo presentar montado en un caballo blanco blandiendo una espada, buscaré atuendos que refuercen tu poder. Haré algunas llamadas.

Dicho aquello, Olivia salió de la habitación y se dirigió a su dormitorio. Necesitaba estar sola. Tenía que pensar bien las cosas y recuperar la compostura. No podía volver a comportarse como una estúpida.

Necesitar a alguien podía ser demasiado peligroso. Su bienestar emocional no podía depender de nadie, se repitió a sí misma.

No podía olvidarlo.

Capítulo 5

TAREK había logrado escapar a las maquinaciones de Olivia durante cuatro días. Desde que había llegado al palacio, había ansiado el silencio como un hombre desesperado.

Y, desde que ella había llegado, su necesidad de estar a solas se había intensificado. Sobre todo, desde que lo había tocado en el baño.

Él no era inocente. Ni era tonto. Comprendía lo que significaba el fuego que había sentido. Entendía por qué ella lo había tocado. Pero se había jurado a sí mismo tener un único propósito en la vida. Para eso, debía renunciar a los placeres mundanos. En lo relativo a la alimentación, comía para sobrevivir Y, en relación al sexo...

Un hombre no lo necesitaba para sobrevivir.

De hecho, había sobrevivido treinta años sin él. De adolescente, se había sumido en el desierto. Había estado demasiado destrozado para preocuparse por el sexo. Las pesadillas y los recuerdos lo habían atormentado. Y la única manera de no perder la cordura había sido mantenerse firme en su propósito.

Había reducido sus necesidades a una sola hacía tanto tiempo que no podía recordar cuándo y dónde había enterrado sus deseos. No recordaba la última vez que había disfrutado de una cama suave, del sabor de una comida, o cuándo había soñado con acariciar las dulces curvas de una mujer.

Sin embargo, en el instante en que Olivia lo había tocado con sus dedos, todos aquellos sueños y fantasías habían regresado a él con la fuerza de un huracán.

Por primera vez en años, había ansiado comer algo dulce, tener una cama cómoda y blanda. Y ver lo que ella tenía bajo el vestido.

Por eso la había empujado de su lado. Experimentar su caricia lo había hecho sentirse tan vulnerable que no había podido resistirlo.

Por otra parte, Olivia tenía razón. Si iban a casarse, él no podría volverle la espalda a su deber como marido. Y como sultán.

Precisaba un heredero.

Aun así, todo era posible. Solo necesitaba organizar sus pensamientos y lo que su misión en la vida implicaba.

Habían hablado del rey que quería ser y, a pesar suyo, Tarek tenía que reconocer que Olivia estaba siendo de mucha ayuda. Apenas se reconocía a sí mismo en el espejo. No se parecía a la bestia que había salido del desierto. Cada vez más, parecía alguien digno de sentarse en un trono.

Le habían cortado el pelo, algo a lo que todavía estaba acostumbrándose.

Se sentía como si lo hubieran sacado de una mina. Necesitaba amoldarse a la luz. Y aprender a vivir en la superficie.

Pero sus artimañas para eludir a Olivia y recuperar el equilibrio iban a llegar a su fin ese día. Había quedado con ella para probarse su nueva vestimenta.

Como si fuera una muñeca. Sin embargo, entendía que la ropa era clave a la hora de dar una imagen de sí mismo a los demás.

Ella llevaba vestidos de tejidos finos y lujosos que se ajustaban a sus fascinantes curvas con delicadeza. Era difícil apartar la vista de su cuerpo, en parte, por el corte de sus atuendos. Le daban, además, un aire de autoridad. Y le hacían parecer como pez en el agua. Como si se hubiera materializado de entre las gemas y el oro de las paredes de palacio.

En ese aspecto, haría un estupendo papel de sultana. Al menos, uno de ellos parecía nacido para ser el amo de un palacio.

Por su parte, él protegería a su gente. De eso estaba seguro.

Las puertas de sus aposentos se abrieron de par en par para dar paso al objeto de sus pensamientos. La seguía otra mujer empujando un carrito lleno de ropa con expresión de determinación.

—Esta es Serena. Ahora es la encargada oficial del guardarropa real.

—Hola, Olivia. Hace días que no hablamos —saludó él, ignorando su presentación.

—Hola —repuso ella—. Supongo que ese biombo servirá para que te vistas detrás.

Tarek miró a ambas mujeres, procesando la idea de que tenía que esconderse para vestirse. No tenía ningún sentido del pudor. Pero se imaginó que la sugerencia era por ellas, no por él.

Entonces, recordó el día en que Olivia le había tocado el pecho.

Sin duda, sería buena idea utilizar el biombo, decidió.

Serena acercó el carrito y él se escondió detrás del panel tallado de madera. Tomó el primer trapo que alcanzó, se desnudó y se lo puso.

Cuando salió, Serena se acercó a él con un metro en la mano. Le puso las manos en los hombros, midiendo aquí y allá. Él esperó sentir algo parecido a lo que había experimentado cuando Olivia lo había tocado, pero no fue así.

No sintió nada más que la fría presión del metro y el contacto de la otra mujer sobre la ropa.

Olivia se acercó con el ceño fruncido y gesto de apreciación.

—¿Qué te parece, mi reina?

—Te sienta bien. Aunque necesita algunos arreglos.

—¿Es la clase de ropa que debería llevar a la fiesta de coronación?

—¿Habrá una fiesta de coronación? —preguntó Olivia con los ojos muy abiertos.

—Sí.

—¿Y por qué no me lo has mencionado antes?

—Solo hemos hablado en dos o tres ocasiones. Una de ellas terminó muy mal —contestó él, mientras Serena se agachaba para medirle la pierna.

Olivia lo miró de arriba abajo y arqueó una ceja.

—Me hubiera gustado que me informaras de que iba a tener lugar un acto público de gran envergadura. Habrá que contar con los medios de comunicación, Tarek. Tenemos que decidir si vamos a aparecer como pareja o no. Yo voto que deberíamos.

—No hemos decidido qué vamos a hacer respecto a nuestra unión o separación.

—Tú no lo has decidido —replicó ella con determinación—. Yo, sí. Es aquí... donde tengo que estar.

—¿Es el poder lo que te atrae? —preguntó él, invadido por una oleada de rabia—. El poder corrompe, mi reina. No dejaré que eso pase de nuevo.

—No es lo que yo quiero. Me dijiste una vez que eras un arma. Yo soy una reina. Los dos queremos ser utilizados como deberíamos.

—Quizá podrías entretenerte como jefa de alguna clase de comité.

—No es lo que quiero.

—¿Tienes alguna clase de vínculo emocional con Tahar?

—Podría crearlo —aseguró ella con firmeza.

—No creo que sea bastante, Olivia.

—Quiero un... —comenzó a decir ella y apartó la vista un momento antes de continuar—. Quiero un hogar, Tarek. Más que nada, quiero tener mi hogar, un lugar donde no me sienta extraña ni innecesaria. Y tú me necesitas aquí. Permíteme usar mis conocimientos. Déjame ser lo que puedo ser —rogó, la respiración acelerada hacía que su pecho subiera y bajara con rapidez.

—¿Solo puedes sentirte realizada a través del matrimonio? —inquirió él, observándola con intensidad—. Qué frustrada debes de sentirte. Tu futuro depende, entonces, de mi decisión.

Como un pájaro atrapado en una jaula, el pulso de Olivia le saltaba en el cuello a toda velocidad. Él sintió el deseo de tocarlo con el dedo, sentir su latido, la suavidad de su piel.

Aquel simple pensamiento hizo mucho más para calentarle la sangre que todo lo que Serena estaba haciendo con la cinta métrica.

—¿Tengo que probarme todo o bastará con las medidas que me estás tomando? –preguntó el sultán a Serena.

–Puedo arreglarme con estas medidas.

–Entonces, puedes retirarte. Déjanos a solas. Olivia y yo tenemos cosas que hablar.

–Recogeré el traje después –indicó la sirvienta con ademán obediente. A toda prisa, agarró el carrito y se fue.

La puerta se cerró y Olivia y el sultán se quedaron a solas. Mirándose el uno al otro.

Él empezó a desabrocharse la camisa, contemplando cómo los ojos de ella seguían todos sus movimientos.

–Tal y como yo lo veo, tu futuro y tus probabilidades de sacar adelante a tu país dependen de mí. No hay nadie más para ayudarte. ¿A quién tienes de tu lado? ¿A los viejos consejeros de tu hermano? ¿A los nuevos empleados que apenas conocen su cargo? Iban a dejar que asistieras a la coronación con el mismo aspecto que tenías cuando te conocí. Tu pueblo se habría resentido contigo por no haberte tomado la molestia de afeitarte y arreglarte para un evento de esa magnitud. ¿Te han asesorado, al menos, sobre cómo tratar con la prensa?

Por primera vez, Tarek se sintió incómodo y perdido. Se había centrado en aclimatarse a la vida en palacio y a su nueva posición. Sabía que podía ayudar a su nación a salir de la ruina. Sin embargo, sobre la prensa y sobre un salón de baile, no sabía nada. No tenía ni idea de cómo mantener una conversación formal, ni mucho menos de cómo dar discursos. Sabía cómo inspirar terror a sus enemigos. Podía causar un reguero de sangre y destrucción en un ejército solo con su espada.

Pero las normas sociales eran algo extraño para él.

Tan extraño como sentir los cálidos dedos de Olivia sobre la piel.

Era un hombre acostumbrado a vivir entre la vida y la muerte. Había sobrevivido a batallas y torturas.

Aunque, en otro sentido, apenas era un hombre. No había sido entrenado para lo que se le presentaba.

Iba a tener que rehacerse de nuevo.

Pocas cosas le asustaban. Pero la perspectiva de tener que reformar su ser otra vez lo mareaba y lo llenaba de angustia.

Miró a la delicada Olivia. Antes que ella, ¿cuánto tiempo había pasado desde la última vez que lo habían tocado? Todo contacto que había recibido en los últimos años había ido dirigido a destruirlo, a acabar con él.

Tal vez, si se dejaba reformar por las manos de Olivia, la experiencia no sería dolorosa.

Quizá ella tenía razón. Tal vez era la única esperanza que le quedaba.

Había sido sincera con él. Sus ojos habían estado llenos de dolor cuando le había confesado que no tenía a donde ir. Lo necesitaba. Tal vez, si admitía que esa necesidad era mutua, no sería tan terrible, reflexionó el sultán.

—La coronación tendrá lugar dentro de dos semanas —señaló él—. No sé qué se espera de mí.

—Tú eres quien decide eso. Eres el sultán. Pero debes entender que, si te saltas ciertos protocolos, resultará extraño.

—¿Ayudaste a tu primer marido en su coronación?

—No tuve que hacerlo —contestó ella con una suave sonrisa—. Marcus había nacido para ser rey. Lo educaron para eso. Con traje o sin traje, parecía lo que era. Tú, sin embargo, no pareces un aristócrata ni con el mejor de los trajes. No te lo tomes a mal. Solo es la verdad. No, no lo ayudé. Yo no tenía ni idea de cómo ser reina hasta que Marcus me enseñó. Me temo que a ti te va a resultar un poco más difícil que a mí aprender, pero puedo ayudarte.

—Nos casaremos —afirmó él con voz ronca—. No sé nada de esta vida. Sé lo que quiero. Sé quién quiero ser. Pero no puedo lograrlo sin ti. Me has convencido.

Ella se quedó sin aliento.

—¿Tras solo cuatro días?

—Eres tenaz. Y muy convincente —afirmó él, y se quitó la camisa—. Anunciaremos nuestro compromiso en la coronación. Creo que es mejor ofrecer al país una imagen de solidez. Eso incluye el tener una esposa. ¿Podrás encontrar un vestido para la boda con la premura necesaria?

—Sí.

Por primera vez desde que la había conocido, Olivia Bretton parecía rendida. Se había mantenido altiva en todo momento, pero, cuando acababa de conseguir su propósito, parecía haberse encogido.

—No te eches atrás ahora —dijo él—. Cuando te conocí, pensé que te marchitarías en el desierto, pero me has demostrado que estás hecha de acero. No me decepciones. No cuando he admitido que te necesito.

Ella enderezó la espalda, recuperando parte de su altivez.

—No lo haré.

—Bien.

—Entiendes que, cuando aparezcamos en esa coronación, debemos parecer una pareja unida, ¿verdad?

Debemos ser un ejemplo de solidez. Yo tengo una reputación que mantener. Los ciudadanos de mi país me aman. Nuestra unión fortalecerá el comercio entre Tahar y Alansund.

—¿Significa eso que tengo que llevarte de mi brazo?

—Creo que podemos pasar por alto el baile. Dudo que nadie te culpe. Pero sí, tenemos que dar la impresión de estar muy unidos. Tendrás que pronunciar un discurso sobre tus planes para Tahar.

—No tengo a nadie que me escriba los discursos. Lo despedí.

—¿Sabes... escribir? —preguntó ella, titubeando.

—Sí. Aunque admito que no lo hago a menudo.

—Quizá podamos hacerlo juntos. Si puedes poner tu plan sobre el papel, yo puedo revisarlo para que quede bien. Haces buen uso de las palabras, eso tengo que reconocerlo.

—Eso es por todo el tiempo que he pasado solo.

—¿Por qué dices eso?

—Porque pasaba mucho tiempo hablando conmigo mismo. He tenido cuidado de no perder todos los idiomas que me enseñó mi padre —explicó él. Eran los únicos retazos de humanidad que había seguido llevando en el alma. A pesar de que, muchas veces, las palabras le habían parecido fuera de lugar en un sitio como el desierto, se alegraba de no haberse olvidado de ellas.

—Bien. Eso nos será útil más adelante.

—Vivo para resultarte útil, mi reina.

—Lo dudo —repuso ella, sonriendo.

Entonces, Olivia bajó la mirada. El sultán vio cómo lo contemplaba de los pies a la cabeza. Cuando, al fin, ella levantó la vista, tenía las mejillas sonrojadas.

–Me estás observando.

–Me resultas fascinante.

–¿Por qué? –preguntó él con voz ronca. De nuevo, un extraño fuego se había apoderado de su cuerpo.

–Ahora mismo, me resulta fascinante tu cuerpo.

El color de las mejillas de Olivia se intensificó, al mismo tiempo que a él le subía la temperatura.

–Sé que hemos hablado de esto y que no íbamos a volver a hacerlo hasta que decidieras si íbamos a casarnos –indicó ella–. Pero ahora ya lo has decidido.

Con un torrente de adrenalina corriéndole por las venas, Tarek dejó que fuera su cuerpo el que tomara la iniciativa.

Rodeándola de la muñeca, atrajo la mano de ella hasta su pecho y se la colocó sobre el acelerado corazón.

Como respuesta, a ella le brillaron los ojos y, al instante, comenzó a mover la mano sin necesidad de que la sujetara. Le recorrió el pecho, los músculos del abdomen. Él no hizo nada para detenerla. No podía comprender cómo una mano tan suave podía causarle un impacto tan grande. Era como si una pluma fuera capaz de derrumbar una montaña.

El fuego se extendió por todo su ser, doblegándolo bajo los dulces dedos de Olivia. En ese momento, ella era la diosa de su universo, la dueña del aire que respiraba.

Olivia dio un paso más y, con la otra mano, lo sujetó de la nuca. En la batalla, Tarek había visto a soldados jóvenes e inexpertos actuar como él, paralizados ante el avance del enemigo a pesar de que sabían que lo mejor era huir. La morbosa fascinación de la tragedia era demasiado poderosa como para darle la espalda.

En ese instante, al igual que ellos, Tarek se sentía privado de todo instinto de protección. No era capaz de resistirse.

Por eso se quedó allí, clavado en el suelo, hipnotizado.

Aunque, en lugar de ver cómo se acercaba a su rostro un filo de acero, tenía la mirada entrelazada con los ojos azules de aquella mujer.

Olivia hizo una pausa. Cuando se humedeció los labios rosados, él sintió la urgencia de abrazarla y completar la tarea. Casi le temblaba el cuerpo de tanto contenerse.

Ella era la prueba viviente de que no era necesario tener un puño de hierro para ostentar el poder. Una caricia podía conseguir mucho más que una espada. Olivia había conseguido adentrarse en partes vedadas de su corazón, había despertado necesidades por largo tiempo dormidas. Ansiaba sentir su contacto, saborear su piel, su calor, tener el cuerpo de una mujer bajo el suyo.

Una batalla estalló en su interior, dividido entre el deseo de recuperar el control y apartarla de su lado o rendirse a los oscuros deseos que lo inundaban.

No podía negar la conexión física que había entre los dos. Podía ser algo beneficioso para su matrimonio, se dijo. Siempre y cuando aprendiera a dominarla.

Por eso, se quedó allí parado, dejando que fuera ella quien lo tocara. Hasta que, con la respiración entrecortada, Tarek se apartó.

—¿Qué pasa?

—Es bueno que estés fascinada por mí. Parece que para ti es importante. Aun así, creo que la consumación de nuestra unión debe esperar hasta nuestra boda —indicó él, cerrando la puerta de sus emociones.

—Esa forma de pensar está pasada de moda.

—No es una cuestión de valores. Es porque no quiero que ni tú ni yo perdamos la concentración.

—No veo por qué me va a resultar difícil desempeñar mis tareas diarias porque tengamos una relación. Eres un hombre guapo, pero no creo que vayas a distraerme por eso. Aunque tampoco me parece mal que nos demos tiempo para conocernos mejor. No acostumbro a acostarme con extraños.

Contemplando al ser femenino que tenía delante, Tarek se dio cuenta de que había muchas cosas que los separaban. Él había visto cosas terribles, aspectos de la vida que nadie debería tener que conocer jamás. Había soportado un dolor capaz de matar a la mayoría de los hombres. Aun así, no sabía nada de las personas, ni de las relaciones. Era un ignorante en todo lo relacionado con la pasión.

Al contrario que él, ella era poseedora de esos secretos. Eran misterios que brillaban en sus ojos azules. E intuía que los compartiría con él, si se lo pidiera.

Sin embargo, cuando llegara el momento de experimentar la pasión, Tarek quería que fuera por decisión propia. Quería tener las cosas bajo control. No iba a dejar que su cuerpo estuviera sometido a sus anhelos.

Y, mucho menos, que fuera esclavo del deseo.

Era un hombre con años de práctica en negar sus propios apetitos. Y podía seguir así hasta que considerara que era capaz de hacerlo sin perder las riendas de sí mismo.

—No sé si algún día dejarás de tenerme por un extraño. Pero llegará el momento en que me llames marido.

—Entonces, en ese momento, podremos tener una relación sexual.

—Supongo que sí.

Ella parpadeó y tomó aliento, como si necesitara un instante para recuperar la compostura.

—No eres como esperaba.

—¿Qué esperabas?

—Un hombre —repuso ella.

—¿En qué sentido?

—Nunca había conocido a ningún hombre que presentara tanta resistencia. Creí que tendrías deseos de estar conmigo cuanto antes. Quizá llegué a conclusiones precipitadas.

Tarek percibió un atisbo de vulnerabilidad, como si la ofendiera lo que ella interpretaba como indiferencia.

Pero no era indiferencia. Sino todo lo contrario.

—Lo siento, mi reina. He pasado demasiado tiempo lejos del mundo como para saber cómo se supone que tengo que reaccionar a determinadas cosas.

—De alguna manera, conseguiré que eso juegue a tu favor, Tarek —afirmó ella, mirándolo de cerca—. No sé cómo, pero haré que nos beneficie a los dos.

Tras dedicarle una última mirada, Olivia se dio media vuelta y salió de su habitación.

Medio vestido con las ropas nuevas, el sultán se sentía como un hombre distinto.

O, tal vez, era Olivia quien lo hacía sentirse así.

Capítulo 6

OLIVIA se mantuvo fiel a su decisión de no volver a estar delante cuando Tarek se quitara la camisa. Porque, cada vez que lo veía desnudarse, la abandonaba el sentido común. En parte, estaba horrorizada por sus acciones, aunque también le parecían justificadas. Si iba a ser su marido, tenían que llegar a un acuerdo a ese respecto. Sin embargo, lo que le preocupaba era cómo el autocontrol la abandonaba cuando estaba a su lado.

Le asustaba lo mucho que lo deseaba. Y le avergonzaba habérselo demostrado.

Debía protegerse a sí misma. Debía fingir desinterés para atraer al otro. Eran los juegos que Marcus y ella habían practicado, incluso después de casados.

Ella había amado a su marido, pero ambos habían vivido vidas separadas. Habían tenido cuartos separados. Y había habido cosas de él que ella nunca había querido saber.

Por otra parte, lo que sentía por Tarek no se parecía en nada a lo que había experimentado por Marcus. Al sultán, no lo conocía. Pero estaba fascinada por su cuerpo, más de lo que nadie la había fascinado jamás.

Solo había estado con un hombre en su vida, por lo que la tentación de compararlos era inevitable. Tal vez, si hubiera tenido una larga lista de amantes, Tarek no le resultaría tan irresistible.

Ese día, tenían que escribir el discurso. Olivia estaba dividida entre el deseo de pasar tiempo con él, en un intento de conocer a su futuro esposo, y el deseo de evitarlo para no ponerse a sí misma en evidencia de nuevo.

Nerviosa, se alisó el vestido de color ciruela y se atusó el pelo, recogido en un moño. Tenía el aspecto de una mujer compuesta y calmada, aunque no se sentía así.

Cuando llegó a la habitación de Tarek, lo encontró delante de su escritorio. Tenía la cabeza agachada y una expresión de intensa concentración.

Se había puesto el traje, que se ajustaba a la perfección a sus anchos hombros, su cintura estrecha y sus musculosos muslos.

Olivia había tenido razón. Por muy caro y cuidado que fuera el atuendo, nada podía darle el aspecto de un rey. No parecía un aristócrata. Parecía un hombre recién salido del desierto. De todos modos, algo en su intento de aparentarse civilizado le daba un halo de peligrosidad, realzaba sus rasgos duros y acentuaba la fuerza de su cuerpo.

—Pareces listo para arrancarle la cabeza a alguien —comentó ella, intentando disipar la tensión que la atenazaba.

—Siempre hago lo que debo —repuso él.

—Qué miedo —dijo ella con sarcasmo. Sin embargo, intuyó que el sultán hablaba en serio. Un escalofrío la recorrió, pero no estaba segura de si era de miedo o de excitación. Había una frontera borrosa entre ambas sensaciones en lo relativo a Tarek.

—A menos que quieras hacerle daño a mi país, no tienes nada que temer de mí.

Olivia lo dudaba mucho. Aunque no quiso darle más vueltas.

—Bien.

—No estoy seguro de cómo hacer el discurso.

—Aquí estoy para ayudarte.

Al momento, Tarek le tendió un puñado de papeles escritos a mano.

—¿No podías haberlo mecanografiado? —inquirió ella, dándose cuenta casi al mismo tiempo de lo ridículo de su pregunta. Si él ni siquiera sabía usar el teléfono...

—No.

—Lo siento. ¿Sabes utilizar un ordenador?

—No lo he hecho desde hace años.

—La tecnología cambia muy rápido. A lo mejor tienes que aprender de nuevo —indicó ella, y bajó la vista hacia los papeles—. Pero eso no es prioritario ahora. Vayamos poco a poco.

El discurso no era muy elocuente. Olivia no iba a mentirle en eso.

—De acuerdo. Creo que hay una cierta estructura en lo que quieres decir. Es lo que quieres hacer por el país. Yo he hablado contigo y sé que hablas con propiedad —señaló ella, devolviéndole los escritos—. Puedes usar estos papeles, si te pierdes. Ahora cuéntame lo que quieres para Tahar, tus planes para el futuro. Hazlo con brevedad, pues la gente se cansa de escuchar. Y no es bueno que te excedas en tus promesas.

—No sé hablar en público.

—No creo que sea cierto —negó ella—. Estás acostumbrado a dirigir ejércitos. Tienes que darles instrucciones antes de la batalla, ¿no es así?

–Sí.

–Esto es lo mismo. Es como un grito de guerra para tu gente. La situación puede no ser muy halagüeña en el presente, pero nada es imposible. Te has enfrentado a tus enemigos y has triunfado. También triunfarás ahora. Y tu pueblo, contigo.

Él arqueó una ceja.

–Quizá sería mejor que dieras tú el discurso.

–Es una pena que el pueblo no quiera escuchar a la mujer del sultán. A menos que sea en la inauguración de un hospital para niños o algo así.

–También tengo que ocuparme de eso.

–No –dijo ella, conteniendo la tentación de tocarle–. Yo seré tu otra mitad. Seré la parte delicada y me encargaré de esa clase de cosas. Tú debes ocuparte del grito de guerra, de animar a tu gente.

–Parece factible.

–Así es el matrimonio. Nos repartimos las tareas. No nos amamos, pero eso no es necesario para cumplir nuestro objetivo. Llevas a este país en la sangre. Eres un guerrero. Son cosas que yo nunca seré. Juntos, podemos hacer que funcione.

Al pronunciar esas palabras, Olivia se sintió como si todo encajara. Se sintió completa, en su sitio. Por fin podía ser parte de algo, en vez de quedarse a solas en un rincón.

–Necesito que ahora seas más que mi otra mitad –señaló él, mirándola a los ojos–. Porque siento que yo tengo poco que ofrecer.

–No te preocupes –repuso ella, tragando saliva, todavía emocionada por lo que acababa de comprender–. Habrá ocasiones en que tú tengas que aportar más de la mitad.

—Si eso sucede, te juro que lo haré.

No fue una promesa apasionada, ni romántica. No se parecía en nada a la declaración de amor que Marcus le había dedicado en el yate familiar durante una cena. Sin embargo, significó mucho para ella.

—Si puedes prometer a tu país lo que acabas de prometerme a mí, creo que tu discurso irá bien.

—Se me dan bien las promesas —afirmó él en voz baja—. Mantuve la palabra que le di a mi hermano durante quince años. Me entregué a mi país. Ayudé cuando fue necesario. Nunca consideré mi propio placer por encima de la seguridad de la nación. A diferencia de mi hermano, mi propio placer no me importa. Cuando a un hombre se le quita todo lo que tiene, solo le queda su propósito en la vida. Si pones tu fe en las cosas pasajeras, el fuego del mundo las consumirá y te quedarás sin nada. Pero, si pones tu fe en una roca, siempre se mantendrá ahí. Este país es mi roca. Seguiré luchando por él hasta mi último aliento.

Olivia se sumergió en la intensidad de sus ojos negros y, durante un instante, deseó que estuviera hablando de ella. Tragó saliva.

—Cuando subas al podio para hablar, eso es lo único que tienes que decir. Esta es una nación herida y creo que tus palabras pueden curarla. Tú eres el hombre que tu pueblo necesita.

Y el hombre que Olivia necesitaba. Con el corazón acelerado, sintió que una oleada de pánico se apoderaba de ella. No quería pensar esas cosas. Debía de estar loca. Sabía que no debía depender emocionalmente de nadie. ¿Por qué, de pronto, ansiaba poner sus esperanzas en Tarek?

Necesitaba calmarse, se reprendió a sí misma.

–No puedo hacer más que confiar en ti –dijo él.

–Haré todo lo posible para que no lo lamentes nunca.

–Yo haré lo mismo –repuso él con gesto pétreo.

–No lo dudo.

–He buscado un anillo para ti –indicó el sultán tras un instante de titubeo.

–¿Sí? –dijo ella con el corazón en la garganta. ¿Por qué reaccionaba de esa manera?, se preguntó a sí misma. Estaba sentada en el despacho de aquel hombre, que no iba a ofrecerle más que un acuerdo de mutua conveniencia. Sin embargo, estaba tan emocionada como cuando había estado en aquel yate con Marcus, rodeada de rosas y champán.

Tarek sacó una cajita de un cajón y la colocó sobre la mesa.

Olivia se acercó, deteniéndose ante él. La mesa se erguía entre los dos y ella pensó que era una suerte porque, si no, tal vez no habría podido resistir la tentación de volver a tocarlo.

–¿Quién lo ha elegido? –quiso saber ella, posando la mano sobre la cajita.

–Yo.

Olivia lo miró con curiosidad, preguntándose qué le había empujado a elegir una joya en vez de otra.

Por supuesto, él no iba a explicárselo.

Despacio, tomó la cajita y la abrió.

Contuvo la respiración al ver el sencillo anillo que había dentro, con una gran piedra cuadrada del color del agua cristalina de los lagos de Alansund. Un oasis en medio del desierto. Era lo que parecía.

Olivia se había quitado su anillo de compromiso y su alianza antes de salir de Alansund, pues no tenía sentido llevarlos cuando iba a casarse con otro hombre. La idea de ponerse uno tan distinto a los que había tenido antes le parecía excitante y extraña al mismo tiempo.

Sin más preámbulos, sacó el anillo y se lo puso.

—Es de mi tamaño.

—Cuestión de suerte.

—O una señal.

—¿Tú crees en esas cosas?

—Supongo que sí —replicó ella.

Él la miró un instante con expresión impenetrable.

—Hay mucho que preparar antes de la ceremonia —indicó el sultán, frunciendo el ceño—. No me imagino asistiendo a una fiesta.

Olivia no pudo evitar reírse. Y fue un alivio. Había estado acumulando demasiada tensión.

—Está claro que no eres la clase de hombre hecho para las fiestas.

—No sé cómo divertirme —continuó él con tono preocupado.

De pronto, Olivia se imaginó una escena en que él la sujetaba de las caderas mientras ella lo rodeaba con las piernas en tanto la penetraba. Intuía que eso sería divertido. Tragó saliva.

—Seguro que sí sabes. O, al menos, conocerás maneras de aliviar el estrés.

—Me gusta pasarme unas horas al día practicando con la espada. Creo que somos muy diferentes, incluso más de lo que parece.

Olivia se quedó en silencio un momento. Tuvo la tentación de seguir preguntándole, buscando información para poder conocerlo mejor. Pero decidió no hacerlo. Estaba cansada de buscar respuestas y ser la única que mostraba interés.

–Es un anillo muy bonito. Lo has elegido muy bien –afirmó ella, cambiando de tema.

–Espero que sirva para dar a mi pueblo el mensaje adecuado, que estamos unidos como pareja y que nuestro objetivo es el bien del país.

–Seguro que sí. En la fiesta, yo me ocuparé de coordinar a los empleados para organizar el menú, la música y esas cosas. Tú limítate a... sonreír cuando la gente te sonría.

Metiéndose las manos en los bolsillos, Tarek esbozó la mueca de una sonrisa. Con impotencia, su prometida no pudo hacer más que devolverle la sonrisa. Entonces, cuando los labios de él dibujaron algo mucho más auténtico, a ella le dio un vuelco el corazón.

–Muy bien. Lo haces muy bien. Todo saldrá de maravilla, ya lo verás.

Aunque Olivia no estaba segura de si se lo decía a Tarek o a sí misma.

Capítulo 7

OLIVIA estaba en su elemento en aquel salón resplandeciente y lleno de gente. Era la excusa perfecta para ponerse uno de sus hermosos vestidos de gala que había sido portada en numerosas revistas de todo el mundo.

Sin embargo, era obvio que Tarek no estaba tan cómodo como ella.

Bajo sus dedos, lo notaba rígido como una roca. Si no hubiera sido por el calor que irradiaba su cuerpo, habría creído que se había petrificado por completo. Ella lo entendía y lo había previsto. También sabía que la única manera en que el sultán podía acostumbrarse a esos actos sociales era con la práctica.

Se sentía muy protectora con él. Y era raro, porque no había nadie en aquel salón que fuera más fuerte que él. Sin embargo, no estaban en el campo de batalla. Los escenarios sociales y los ataques viperinos que provenían de la lengua y no de la espada eran su especialidad. Por eso, no se apartaba de su lado, preparada para defenderlo si era necesario.

Al mirarlo de reojo, le subió la temperatura de puro deseo. Era un hombre imponente. Un pensamiento que ella no había podido quitarse de la cabeza en los últimos días.

El pelo le llegaba al borde del cuello de la chaqueta, un poco rizado, aunque no suavizaba los rasgos de su rostro. Su fuerte mandíbula cuadrada rogaba ser acariciada. Ella ansiaba besársela y saborear su cuello, justo donde el pulso le latía con fuerza y firmeza.

Cuando estuvieran casados, tendría ese derecho, se dijo.

Sin embargo, la atravesó una repentina duda. No estaba segura de si él la deseaba. No podía descifrar sus sentimientos. Por alguna razón, eso solo acuciaba su deseo de abrirse camino a través de su dura coraza hasta su corazón.

Pero debía tener cuidado. Olivia sabía que lo peor que podía sucederle era desnudar su alma ante un ser amado y recibir solo indiferencia a cambio.

De todas maneras, en ese momento, no quería pensar en eso. Estaban en medio de una fiesta. Varios periodistas asediaban a Tarek, pidiendo hablar con él. Había un coro de diplomáticos, políticos y hombres de negocios disputándose su atención, mientras él se ponía cada vez más tenso.

Aquella era una de las pruebas más difíciles para Tarek, que no estaba acostumbrado a tratar con esa clase de gente. Sobre todo, bajo la atenta supervisión de la prensa.

Olivia se preguntó si él sabía lo perversos que podían ser los medios de comunicación cuando se proponían despedazar a alguien.

Tarek iba a hacer el anuncio oficial de su compromiso durante su discurso. Ella había pensado que sería mejor comenzar la velada con ese discurso de apertura. De esa manera, no los acosarían pidiéndolos información de antemano. Esa era la idea.

Pero Olivia estaba nerviosa y temía que, en lugar

de apoyar a su prometido, estuviera contagiándole su ansiedad.

Cuando le acarició el brazo con suavidad, sintió que él se tensaba más bajo su contacto. Aun así, la expresión de su rostro continuó inamovible.

—¿Estás listo para el discurso?

—Sí —afirmó él con seguridad.

—Bien —repuso ella, tranquilizada por su firmeza.

—¿Qué habrías hecho si te hubiera dicho que no estaba listo? —quiso saber él, con un inesperado tono de humor en la voz.

—Habría salido corriendo y habría hecho algo para distraer a la gente y que, así, pudieras escapar.

—¿Habrías dado el discurso por mí?

—Si no eso, tal vez les habría ofrecido un baile improvisado.

Una débil sonrisa asomó a los labios del sultán.

—No puedo imaginarme eso.

—Mentiroso, si no te lo estuvieras imaginando, no sonreirías.

—¿He sonreído?

—Sí —afirmó ella, mientras una agradable sensación de calidez la inundaba.

Hacía unos minutos, había estado emocionada por tener la sala llena de gente. Pero, en ese instante, deseó que todo el mundo se fuera y quedarse a solas con Tarek.

Su intenso deseo de conocerlo mejor no había hecho más que crecer en los últimos días. Y, por desgracia, apenas había podido satisfacerlo.

—No conozco a ninguna de estas personas —comentó él, mirando a su alrededor.

—Yo reconozco a unos cuantos.

Olivia no había hecho pública su asistencia. Había llamado a Anton y le había pedido que mantuviera en secreto su vínculo con Tarek. Como no había estado segura del desenlace de su misión, había preferido no suscitar rumores.

Sin embargo, esa noche, él anunciaría su compromiso y ella estaría segura. De nuevo, tendría un lugar en el mundo.

—¿A quién?

—Bueno, esa de ahí es Miranda Holt, una periodista. Ha cubierto muchos temas del corazón en Estados Unidos. La conozco desde hace años. Solía asistir a las fiestas que daban mis padres. Y allí están el embajador de Alansund y su mujer. Hay otros que me suenan por su asistencia a varios eventos en Alansund.

—¿Crees que les parecerá raro que estés a mi lado?

—Seguro que tienen curiosidad.

—¿Temes que piensen que estás traicionando la memoria de tu marido?

Sin saber por qué, Olivia se encogió ante sus palabras.

—Han pasado ya dos años.

—Pero la gente te conoció con él. No conmigo.

—Eso cambiará.

—¿Y tú? ¿Todavía te imaginas que estás con él?

Era una pregunta extraña. Tarek nunca se había mostrado posesivo con ella, ni había delatado ninguna clase de interés personal.

—No —negó ella con suavidad—. Marcus y yo vivíamos vidas separadas. Éramos... un equipo. Pero no siento que me una a él un vínculo más allá de la tumba.

—Sonríes cuando piensas en él —observó Tarek.

¿Estaba celoso?, se preguntó ella. No era posible.

–Me dio muchas cosas por las que sonreír.

Eso era cierto. Aunque, por otra parte, Olivia tenía que reconocer que había habido un abismo entre su difunto marido y ella. Habían compartido un mismo objetivo, pero sus vidas habían sido independientes. Al quedarse sin él, había perdido a un buen compañero, pero no había perdido una parte de sí misma.

–Supongo que a él no tuviste que enseñarle a sonreír.

–No –contestó ella con el corazón encogido–. Marcus sonreía con facilidad. Cuando lo conocí, tenía una sonrisa en la cara y me atrevería a decir que también cuando dejó este mundo –explicó. Recordar a Marcus la llenaba de calidez porque, entre otras cosas, él le había enseñado a disfrutar de la vida–. También, valoraba mucho su independencia, igual que yo –añadió. Con quién se había acostado su marido o a qué había dedicado el tiempo libre habían sido preguntas que ella había preferido siempre callar.

Olivia nunca le había echado en cara su sospecha de que le había sido infiel. Aunque así hubiera sido, ella se había conformado con ello.

No era buen momento para reflexionar sobre ese asunto, se dijo Olivia. Había sido feliz en su matrimonio, por eso, no tenía sentido pensar en las cosas que debería haber arreglado en vida de su marido.

Si le hubiera exigido a Marcus más entrega, sabía que él la habría mirado con indiferencia e, igual que sus padres habían hecho, le habría contestado que no había podido darle más.

–Parece que Marcus era menos complicado que yo. No es demasiado tarde para que te arrepientas, si es lo que quieres.

–¿Sigues deseando librarte de mí?

–No –negó él–. Pero temo que te hayas metido en esto sin entender bien todo por lo que vas a tener que pasar.

–Quizá. Pero no soy débil. Y sí, eres distinto a él. Pero... no busco a alguien que lo sustituya ni quiero reproducir la vida que tuve con él. Busco algo nuevo.

–Me gusta que me digas que soy distinto –confesó él.

Sin saber por qué, Olivia se estremeció de placer al escucharlo.

–Me gusta también que tengas del todo claro dónde te estás metiendo. A veces, pareces demasiado segura, como si hubieras recorrido ya este camino. Mientras que a mí todo me resulta nuevo y desconocido.

–Te aseguro, Tarek, que por mucho que yo conozca a los hombres o a los reyes, tú eres un completo misterio para mí.

–Eso me satisface –afirmó él.

Su tono de voz encendió un millón de estrellas alrededor de Olivia.

–Ya que pocas cosas te resultan satisfactorias, me lo apuntaré en mi lista de victorias.

–¿Tienes una lista?

–Estoy pensando en empezarla hoy.

–Añade ese vestido también –observó él, mirándola despacio con ojos brillantes.

Acto seguido, Tarek se apartó, en dirección al escenario. Mientras se quedaba sin respiración, Olivia se preguntó cómo un cumplido tan escueto y sencillo podía alegrarla tanto.

Tal vez, igual que las sonrisas del sultán, sus cumplidos le satisfacían más que los del resto de los mortales por lo mucho que le costaba ganárselos, se dijo a sí misma.

Al verlo subir al podio, Olivia se quedó paralizada. Parecía perfectamente calmado y preparado. Sin embargo, ella tenía el estómago encogido por los nervios.

Musitando una plegaria silenciosa, deseó que todo saliera bien. Cuando el sultán abrió la boca, todo el mundo se quedó en silencio.

Las palabras fluían de sus labios como miel templada, perfectamente escogidas y pronunciadas. Era un hombre poco acostumbrado a hablar, por eso, su discurso era todavía más precioso para Olivia.

Pero ella no fue la única en quedarse embelesada. El resto de los presentes lo escuchaba con total atención.

—Sé que soy el hermano que no conocéis —decía Tarek—. Pero aquí estoy. Me he pasado muchos años en el desierto protegiendo la seguridad de nuestras fronteras. Ahora también ofreceré protección, no solo dentro de nuestra nación, sino fuera también. Tahar lleva demasiado tiempo aislado. Lamento de corazón los crímenes perpetrados contra nuestro pueblo, cometidos por alguien de mi propia sangre. En cuanto a mí, si hay algo que sé hacer es proteger a los necesitados. En cuanto al resto de las tareas que se esperan de un monarca, estoy perdido sin remedio —hizo una pausa y miró a Olivia—. Pero he tenido la suerte de encontrar ayuda. La reina Olivia, quien sirvió a su país junto a su difunto marido, va a ser mi esposa. Será la reina de Tahar. Nuestro objetivo es apoyarnos en nuestros puntos débiles, siempre con la misión conjunta de fortalecer este país. Entiendo que todos los que me escucháis tenéis razones para desconfiar de mí. Entiendo que tendré que ganarme vuestro favor. Pero estoy preparado para eso. Estoy dispuesto a demostrar mi valía. Gracias.

Dicho aquello, bajó del escenario con los ojos puestos en ella, ajeno al estruendoso aplauso que resonaba en la sala.

Olivia comenzó a caminar hacia él con el corazón acelerado. Sin dejar de mirarla, él también se acercó.

–Has estado increíble –dijo Olivia, poniendo las manos en las mejillas de su prometido.

Tarek dejó escapar un suspiro de alivio.

–No he provocado una guerra –repuso él–. Todavía.

Al escuchar los disparos de las cámaras, Olivia supo que aquel momento quedaría inmortalizado en todas las revistas. Ella, con su atuendo de color esmeralda, mirando a los ojos al rey de Tahar, con su rostro entre las manos. Parecerían dos enamorados. O, al menos, darían la impresión de gustarse.

Lo segundo era cierto, al menos, por su parte.

En cualquier caso, sería una foto para los titulares del día siguiente, el tipo de imagen que la prensa adoraba. Pero no había tiempo que perder. Era hora de poner en práctica sus habilidades sociales.

Durante las siguientes dos horas, Olivia hizo todo lo posible para apoyar y realzar los intentos de conversación de Tarek, escuetos, demasiado serios y poco fértiles para animar las charlas. Al final de la velada, estaba exhausta.

Sin embargo, también estaba decidida a cambiar eso. Sabía que, tras el hombre encorsetado y sin una pizca de humor que él aparentaba ser, había un ser hu mano apasionado y vibrante. Lo había intuido desde que lo había visto en el pasillo desnudo, luchando con enemigos imaginarios. Ansiaba liberar esa parte de él.

Aunque la fiesta todavía no había terminado, era obvio que el sultán estaba deseando retirarse. Cada vez se mostraba más rígido e incómodo. En lo que a ella se refería, sus obligaciones habían terminado. Habían saludado a toda la gente importante y la prensa había quedado satisfecha. No tenía sentido seguir allí por más tiempo.

—Vámonos ya —propuso ella.

—¿Es el momento apropiado?

—Sí. Eres un hombre ocupado. Nadie espera que te quedes hasta el final.

—¿Soy un hombre ocupado? —le preguntó él al oído.

De inmediato, a ella le subió la temperatura por el doble sentido que percibió en sus palabras.

—Puedo asegurarme de que lo seas.

Olivia podía pensar en muchas maneras de mantenerse ocupada con él. Se le ocurrían cientos de formas de liberarse de su disfraz de compostura y civilización. Estaba cansada de sonreír, de elegir las palabras, de no hablar demasiado alto ni hacer demasiadas preguntas. Se había pasado toda la vida complaciendo a los demás, preparándose para un matrimonio ventajoso y para comportarse como una perfecta dama en sociedad.

De pronto, se sintió harta de todo ello.

Tarek no respondió a su oferta, pero se dejó guiar fuera de la sala de baile. Los asistentes les abrían camino para dejarlos pasar, mientras los guardias de seguridad tomaban posiciones para que nadie los molestara.

Su salida temprana de la fiesta echaría un poco más de leña al fuego de las noticias que publicarían sobre ellos. Pero eso era bueno, se dijo Olivia. El público prefería una historia de amor en vez de una fría alianza entre una reina destronada y un sultán incivilizado.

Sin embargo, no tenía la intención de dejar que aquellas fantasías se quedaran solo en el ámbito de la ficción. Pretendía llegar al corazón de ese hombre de una vez por todas. Unirse a él.

Cuando hubieron salido, ella comenzó a acariciarle el brazo con los dedos, demostrándole sus intenciones. El sultán se puso un poco tenso, pero no dijo nada.

–¿Vas a tus aposentos? –preguntó ella.

–Sí.

–De acuerdo –repuso Olivia con el corazón acelerado. Sin soltarse de su brazo, siguió caminando a su lado. Al menos, los dos iban a la misma zona del palacio. Y, aunque él no lo supiera todavía, ella pretendía ir a la misma habitación también.

Cuando llegaron a la puerta de los aposentos del sultán, se detuvieron.

–¿Necesitas que te ayude a quitarte el traje?

–Creo que no.

A Olivia no le sorprendió que él tardara en captar su invitación indirecta. La sutileza no era su fuerte. Aunque, según pasaban los días, a ella le resultaba cada vez más atractiva su forma de ser.

–Tal vez quieras que hablemos de tu discurso.

–Si tú quieres... –repuso él, mirándola con expresión indescifrable. Abrió la puerta y la dejó pasar.

Tarek entró y se sentó en un diván con la misma

postura arrogante que había tenido cuando se habían conocido en la sala del trono. Con su corbata negra, chaqueta negra y camisa blanca inmaculada, parecía un hombre civilizado. Y a ella no le gustaba.

Necesitaba desnudarlo de aquel disfraz y sentir su fuerza dentro de ella. Comenzó a caminar hacia él, sin dejar de mirarlo a los ojos. Despacio, se agarró la falda del vestido y la levantó, mostrando las piernas y los muslos según se acercaba.

Entonces, Olivia vio lo que estaba esperando. Una llama ardía en las profundidades de los ojos del sultán. Estaba excitado, igual que ella.

Al llegar delante de Tarek, puso una rodilla a su lado, sobre el diván, y apoyó las manos en la pared detrás de él. Aunque él continuaba paralizado, inconmovible, ella sabía que por dentro la cuestión era diferente.

Y estaba decidida a echar por tierra sus defensas, a llegar hasta el hombre que ocultaba aquella fachada de impasibilidad.

Olivia colocó la otra rodilla al otro lado y se sentó a horcajadas encima de él, deslizándose despacio, rozándolo con su cuerpo. Luego, inclinó la cabeza e hizo una breve pausa antes de que sus labios se tocaran. Quería disfrutar cada instante, saborear la victoria. Había llegado el momento de hacer realidad su fantasía.

El olor de Tarek, a piel limpia, hizo que se le acelerara todavía más el corazón. Sin poder contenerse más, fundió sus labios con los de él.

Un incendio estalló en su interior. Olivia no se había esperado aquello. Había pretendido ser ella la seductora, pero, en cuanto sus bocas se tocaron, cambiaron las tornas. Y no había vuelta atrás.

Colocando la mano en la nuca de su prometido, le recorrió los labios con la punta de la lengua, pidiendo permiso para entrar.

Un rugido animal resonó en el pecho de Tarek. Con un brazo de acero, la rodeó por la cintura y se levantó con ella. Agarrándola del pelo, hizo que echara la cabeza hacia atrás.

Con dos largas zancadas, la aprisionó contra la pared. Tenía la mirada de un animal acorralado y la respiración entrecortada.

Las manos de Olivia quedaron atrapadas entre sus cuerpos, que ardían. Con las palmas en el pecho de él, podía sentir cómo le latía el corazón a toda velocidad.

Despacio, Tarek inclinó la cabeza, rozándola con la nariz. Ella entrecerró los ojos esperando que la besara durante un instante que duró toda una eternidad.

Cuando, al fin, sus labios se tocaron de nuevo, fue un beso áspero, profundo. Tarek deslizó la lengua sin piedad dentro de su boca, transportándola a un lugar desconocido. Aquello no tenía nada que ver con los besos que Olivia había intercambiado con cultivados aristócratas.

Aquello no era un juego de seducción. Tarek había abandonado todo intento de mostrarse civilizado para convertirse en una bestia. Sentía su musculoso torso apretado contra los pechos, su erección sobre los muslos.

El beso fue intenso, casi doloroso. Tenía la desesperación de un hombre que hubiera encontrado un oasis en el desierto. Carecía de toda destreza y habilidad social. Era un muerto de sed bebiendo agua por primera vez en mucho tiempo.

Olivia se sentía a su merced, atrapada entre su cuerpo y la pared, sujeta con fuerza por sus manos. Y le encantaba. No temía demostrar lo mucho que lo deseaba. Porque él también la deseaba.

Movió las caderas, colocándose para recibir su erección. Al momento, él se puso tenso, pero no se apartó. Ella le deshizo el nudo de la corbata, le desabrochó la camisa y deslizó la mano debajo, para tocar su piel.

Mientras Tarek la besaba con desesperación, ella le mordió el labio inferior, logrando que él se estremeciera de arriba abajo.

Nadie la había besado nunca así. Hasta ese momento, Olivia había ignorado lo mucho que lo había necesitado.

Pero necesitaba más. Quería quitarle el traje, desnudarse ella también, que nada se interpusiera entre los dos.

Iba a hacer justo eso, cuando, sin previo aviso, su prometido se apartó de golpe y comenzó a dar vueltas por la habitación.

–Tarek...

–Esto es inaceptable.

Sus palabras la hirieron como una flecha directa al corazón.

–No. Es aceptable. Nos vamos a casar. Lo que no podemos hacer es tener sexo con otra persona –afirmó ella, sacando a relucir un instinto de posesión que nunca antes había mostrado hacia Marcus–. Si no lo haces conmigo, ¿con quién lo vas a hacer? –preguntó. Le temblaba la voz, muy a su pesar–. ¿Y cuándo?

–Pones mi autocontrol a prueba. Eso es lo que no me parece aceptable.

–¿Por qué necesitas controlarte cuando estás conmigo?

–Necesito controlarme siempre y con todo el mundo.

–¿En esta habitación? –inquirió ella, señalando a su alrededor–. ¿Conmigo?

–En todas partes. Siempre.

–Voy a ser tu esposa. Nunca has estado casado, aunque supongo que has estado con otras mujeres, así que no entiendo cuál es el problema.

–Todavía no eres mi esposa –señaló él con vehemencia.

–Pero lo seré.

–Será entonces cuando consumemos nuestra unión. No antes.

–¿Quieres decir que rechazas la espontaneidad de lo que acaba de pasar?

–Sí. Me niego a que mi cuerpo dicte mis acciones.

–Esto no tiene nada de malo...

–Después de la boda.

–Quizá yo no quiera esperar a la boda –dijo ella. Estaba un poco avergonzada por su propia insistencia. Pero lo deseaba y sentía que tenía derecho a reclamarlo.

–Debo mantenerme centrado. No puedo dejarme distraer.

–Tarek...

–Mi único dueño es mi país. Debo hacer todo lo que pueda para protegerlo. He pasado toda mi vida luchando contra los deseos terrenales y no me rendiré a ellos ahora.

Con esfuerzo, Olivia intentó asimilar sus palabras. Trató de pensar en algo que decir. Pero no pudo.

–Vete –ordenó él–. O me iré yo y buscaré otro sitio donde dormir esta noche.

—No voy a suplicar. Ni voy a seducirte contra tu voluntad —dijo ella con tono frío.

—Esta noche, las cosas han salido bien. No lo estropeemos.

Ella respiró hondo un momento.

—¿Sabes algo de mujeres?

—No.

—Si así fuera, sabrías que tu rechazo siempre va a empañar el recuerdo de esta noche.

—No te rechazo. Me voy a casar contigo.

Ella dejó caer los brazos en un gesto de rendición.

—Vaya, qué suerte tengo.

—¿Por qué estás enfadada conmigo?

—Porque has herido mis sentimientos —confesó ella con un nudo en la garganta.

Cielos, odiaba exponerse delante de él de esa manera, se dijo Olivia. Sin duda, el deseo estaba nublándole la razón. Ella siempre había sido como Tarek, controlada, distante. Nunca había dejado que su cuerpo dictara sus acciones.

Quizá él tenía razón al ser cauteloso.

—¿Cómo? —inquirió el sultán, frunciendo el ceño.

—Porque... entiendo que es por... mi aspecto. No te gusto.

Tarek soltó una áspera carcajada.

—Tu aspecto no tiene nada de malo. Ese es el problema. No puedo dejar que tu atractivo me importe más que mis objetivos —contestó él, posando los ojos en sus labios—. No puedo dejar que mis propios deseos sean más fuertes que la misión que se me ha encomendado.

—¿Ni siquiera puedes desear a tu prometida?

—No. ¿Adónde nos llevaría? No lo entiendes... Mi

hermano... Se dejaba llevar solo por sus deseos. No solo por la lujuria, también por la avaricia de dinero, de poder. Eso lo corrompió. Los dos llevamos la misma sangre. ¿Dónde empieza y dónde termina la maldición? No conozco la respuesta. Por eso, no pienso rendirme ni a la más mínima debilidad de la carne. Ni siquiera por ti. Debo mantener mi atención centrada en mi objetivo.

—Pero después...

—Será distinto. Será lo adecuado, parte de mis obligaciones, no solo una tentación.

—¿Soy una tentación?

Él apretó la mandíbula.

—Eres la única tentación con que me he topado en la vida —confesó él, y se dio media vuelta.

Olivia nunca había sido una tentación para nadie. Para Marcus, había sido un capricho más.

Pero era una tentación para Tarek.

Abrazando ese pensamiento contra su pecho, se dirigió a la puerta.

—¿Cuándo vamos a casarnos exactamente?

Otra carcajada escapó de los labios del sultán.

—En mi opinión, cuanto antes, mejor.

Capítulo 8

HABÍA pasado una semana desde su encuentro con Olivia, pero todavía le ardía la sangre en las venas. Ella lo tentaba más que nada en el mundo. Tarek había estado en el desierto sin agua y sin comida. Aun así, ansiaba estar con ella más de lo que había ansiado aquellas cosas. Y eso era inaceptable.

Estaba decidido a no sucumbir a una necesidad tan irracional, que crecía dentro de él como un animal salvaje, echando por tierra años de celibato.

A todas horas, recordaba el sabor de sus labios y el contacto de su suave piel.

Entonces, no se había podido contener, cuando la había acorralado contra la pared presa del más insano deseo. Y se despreciaba por ello.

Dando vueltas por su habitación como un león enjaulado, intentó mentalizarse para la boda que tendría lugar al cabo de dos semanas. Había decidido la fecha esa misma mañana y había enviado a un criado para que se lo comunicara a Olivia.

Entendía que estuviera molesta con él. Pero no le importaba.

Él estaba molesto con ella. Y con todo lo que le había hecho sentir.

Olivia había esperado tener sexo aquella noche.

Era comprensible, pues había estado casada y no había tenido razón para esperar que su relación se desviara de lo considerado normal.

Pero él no tenía nada de normal.

Tarek no era un hombre inocente. Había vivido la pérdida, la tortura, el dolor en todas sus formas. Había quitado la vida a sus enemigos cuando había sido necesario. No había lugar para la inocencia cuando se había matado a otro hombre.

Aun así, su situación en lo relativo al sexo difícilmente podía describirse de otra manera. Nunca había besado a una mujer antes que a Olivia. Nunca se había permitido a sí mismo tamaña distracción.

Ser virgen o no nunca le había importado hasta ese momento. Sin embargo, estaba descubriendo que el deseo carnal era mucho más difícil de controlar que cualquier otro.

Después de haber saboreado a Olivia, se preguntaba si había alguna manera de satisfacer su necesidad de ella sin consumirse. Lo dudaba mucho.

Por otra parte, el problema también residía en que no sabía nada sobre el tema.

Había visto copular a los animales. Sabía cuál era el proceso. Pero la forma en que Olivia lo miraba y reaccionaba a su contacto le hacía pensar que había mucho más que eso.

Además, el apetito insaciable que había sentido por ella desde el primer momento se lo confirmaba.

Un soldado debía prepararse. Debía hacer ejercicio y conocer todo lo que debía saberse sobre el enemigo.

Sin embargo, Tarek no tenía manera de experimentar el sexo de forma práctica. Leer debería ser suficiente.

Acercándose a la biblioteca que había en sus aposentos, se dijo que debía de haber un libro que satisficiera su curiosidad.

Al momento, encontró uno en una balda. Nada más abrirlo, los esquemas de anatomía captaron su atención. Sí, por lo visto tenía mucho que aprender. Pasó la página y dio con la ilustración de un hombre acariciando los pechos de una mujer. Pensó en Olivia y en cómo había sentido su delicada figura apretada contra su cuerpo.

De pronto, le subió la temperatura.

Aunque llevaba días teniendo fantasías con ella, quería conocer bien todas las posibilidades. No quería perderse nada.

Avergonzado, se reprendió a sí mismo por ese pensamiento. No se trataba de él, sino de ella. Debía cumplir con sus obligaciones maritales y nada más.

Más importante que eso era controlar su propio deseo. Debía trazarse una estrategia para, llegado el momento, no vacilar.

Olivia era muy suave, pero sus manos de guerrero eran ásperas. Cuando la tocara, debía asegurarse de darle solo placer. Tenía que tener cuidado de no hacerle daño.

Por supuesto, conocía cómo funcionaba la parte mecánica del sexo. Tenía quince años cuando había salido de palacio y, a esa edad, ya había participado en conversaciones con otros muchachos sobre el cuerpo femenino. Pero no habían hablado nada sobre dar placer a una mujer. Ni sobre cómo no perder el control.

Tarek quería comprender ambas cosas. Olivia sabía lo que era estar con un hombre. Se merecía verse satisfecha. Mientras él necesitaba mantener el control.

Una hora más tarde, se había leído medio libro, aunque nada había conseguido calmar su deseo. Al contrario, se le habían ocurrido algunas ideas nuevas. Y muy interesantes.

Cuando alguien llamó a su puerta, guardó el libro a un lado. Era raro, pero sentía la necesidad de ocultar su ignorancia.

Cuando abrió, se topó con los ojos azules de Olivia.

—¿Sí?

—Uno de los criados me ha informado que vamos a casarnos dentro de dos semanas.

—Así es.

Tarek se quedó parado en la puerta, sin dejarla pasar. Tenía la cabeza llena de las imágenes del libro y sus explícitas instrucciones. Si ella entraba, se vería tentado de poner en práctica lo aprendido.

—Es imposible. Hacen falta meses para preparar un evento de esa magnitud. Olvidas que ya he pasado por ello antes.

—Es posible, sin duda. No será como tu primera boda.

—Eso ya me lo imagino. Con tan poca antelación, no podrías encontrar a quinientas palomas para soltarlas al vuelo.

—No sé si hablas en serio o en broma.

—No bromeo. Mi primera boda fue ridícula. Hermosa, pero absurda.

—No puedo prometerte que esta no sea ridícula. Aunque seguro que no será tan extravagante.

—¿Dos semanas?

—¿Querías más tiempo? —preguntó él, arqueando una ceja.

–No. Estoy decidida. Pero dudo que puedas prepararlo todo en dos semanas.

–¿Por qué lo dudas? Estás tú para ayudarme.

–No sé si sentirme halagada u ofendida.

–¿Por qué elegir una de las dos cosas? Eres una mujer. He aprendido que puedes experimentar ambos sentimientos al mismo tiempo.

–Aprendes rápido.

Eso esperaba él.

–Dos semanas –repitió Tarek.

–Está bien. Pero, la próxima vez, dímelo en persona cuando fijes la fecha de nuestra boda.

–Así lo haré –repuso él con una sonrisa, pues en esa ocasión no le cabía duda de que ella bromeaba.

Las dos semanas pasaron rápido. Tarek no comprendía la razón por la que había que convertir su boda en un espectáculo, para su pueblo, para los medios de comunicación. Pensaba que había mejores formas de gastar el dinero de su país que en un suntuoso evento que ni Olivia ni él necesitaban.

En las últimas dos semanas, había estado observando fotos de Olivia. Era más fácil que hablar con ella para recabar información. Quizá, no era la manera más directa de conocerla mejor, pero desde la noche del beso se había concentrado en evitarla.

Había visto fotos de ella en muchos actos sociales. Había visto a su primer marido, rubio y elegante como ella. Había visto su boda, una complicada celebración que había durado dos días y había captado la atención de la prensa de todo el mundo.

Luego, Tarek había visto fotos suyas con ella, donde aparecía como un hombre siempre serio, rudo.

Había una imagen en que Olivia sujetaba su rostro entre las manos, justo después del discurso. El color de sus manos blancas resaltaba sobre la piel morena de él. Eran demasiado diferentes. Sin embargo, con su marido anterior, ella había hecho una pareja perfecta.

De todas maneras, se casarían. Ese mismo día.

Esa noche, por lo tanto, no tendría más excusas para no consumar la atracción que existía entre los dos. Tenía buenas razones para no haberse rendido a la tentación cada vez que ella lo había tocado. Lo que le había dicho sobre su hermano era cierto. Malik había sido un hombre gobernado por sus deseos.

Tarek, sin embargo, estaba hecho para resistirse a sus impulsos. Aunque responder a las necesidades físicas de su esposa era su responsabilidad, haber sucumbido a la tentación después de su discurso habría sido como traicionarse a sí mismo.

En ese momento, había deseado poseerla con la fuerza de un tornado.

Se sentía más preparado en el presente, después de haber leído varios libros sobre el tema. Había aprendido mucho sobre la anatomía femenina y se alegraba, porque antes no había tenido ni idea de lo intrincado que podía ser el acto sexual.

Tampoco había anticipado lo mucho que su cuerpo ansiaría consumar su unión.

Se había pasado treinta años negando sus propias necesidades.

La idea de dejar de negarse ciertos placeres le resultaba una novedad. Poco a poco, había ido arraigando en su cuerpo y creciendo con fuerza, dispuesta a destrozarlo todo a su paso.

No era una metáfora muy agradable.

Tampoco era de extrañar, pues él no era un hombre agradable.

El primer marido de Olivia sí lo había sido. Era una de las conclusiones que Tarek había sacado con sus investigaciones. Se preguntaba cuánto tiempo tardaría ella en cansarse de un hombre tan rudo como él.

Tarek volvió a preguntarse qué sacaba Olivia de todo aquello. Si lo que quería era reemplazar lo que había perdido, revivir lo que era ser reina, estaba en el lugar equivocado. Su vida en Alansund había sido una sucesión de fiestas, deslumbrantes reuniones, excursiones al lago, picnics con su marido, el rey.

Tarek estaba seguro de que él no haría nada de eso.

No le negaría a su esposa el sexo, sin embargo. Estaba listo. Tenía el plan de mantener sus impulsos a raya cuando llegara el momento y, al mismo tiempo, pensaba complacerla. Eso le resultaba mucho más atractivo que presentarse en fiestas de alta sociedad.

Para empezar, estarían los dos solos en la habitación y, para continuar, Olivia estaría desnuda.

Intentando ignorar su erección ante aquel pensamiento, Tarek se ajustó la corbata negra frente al espejo. Había elegido un traje occidental para la ocasión, teniendo en cuenta que iba a casarse con una mujer occidental.

No quería decepcionar a su pueblo ni incumplir sus tradiciones, aunque, después de reflexionar mucho, se había vestido pensando en Olivia.

La puerta de su habitación se abrió y entró su consejero.

–Es la hora, mi señor.

Por primera vez en su vida, el sultán Tarek al-Khalij sintió miedo. Ese día, no se enfrentaría a un enemigo, sino a una mujer. Su prometida.

De todos modos, al igual que una batalla militar, no era algo que se pudiera hacer esperar.

–Estoy preparado.

Olivia se ajustó el pesado velo, tratando de calmar los acelerados latidos de su corazón, preparada para casarse con un hombre al que apenas conocía.

Era extraño que eso le preocupara tanto porque tenía que confesarse a sí misma que, en su primer matrimonio, no había conocido mejor a Marcus.

No debía pensar en su primer marido cuando estaba a punto de casarse con otro hombre, pero era difícil no hacer comparaciones. Quizá fuera su forma de buscar algo que le resultara familiar, algo que la tranquilizara.

Al verse en el espejo, se le encogió el corazón. El hecho de que fuera su segunda boda no la tranquilizaba, sino todo lo contrario. Las marcadas diferencias entre ambas solo hacían que el momento fuera más aterrador.

Recordó el vestido de novia que había llevado la primera vez. Había salido en las portadas de las revistas de todo el mundo y había marcado estilo para los trajes de novia del año siguiente.

El atuendo que llevaba puesto estaba adaptado a las tradiciones de Tahar. Era de manga larga, con un complejo bordado y un ancho cinturón de oro bajo los pechos. En cierta forma, la gran diferencia entre ambos vestidos de novia simbolizaba lo distintas que serían las dos uniones. La primera había sido superficial, volcada en el exterior y centrada en la pareja. La presente estaba centrada por completo en las necesidades de Tahar.

Y en ella misma, se recordó Olivia. No podía engañarse diciéndose que lo hacía por puro altruismo.

Quería un lugar en el mundo, un propósito. Y algo de seguridad.

Luego, estaba... él.

Tarek le resultaba muy atractivo. Aunque dormir con él sería algo natural cuando se hubieran casado, le ponía un poco nerviosa pensarlo. En realidad, todo lo que tenía que ver con Tarek carecía de ligereza y superficialidad.

—¿Sultana?

Olivia se giró, sorprendida de que Melia le hubiera concedido ese título tan pronto. La criada inclinó la cabeza, nerviosa por la magnitud del evento.

—Están esperándola.

Olivia asintió, arrepintiéndose de no haber optado por un ramo o algo en que poder ocupar las manos.

Se agarró la falda para levantarla un poco mientras caminaba por los pasillos hacia el pequeño santuario que albergaba el palacio.

Con un nudo en la garganta, notó que el pulso se le aceleraba cada vez más.

No tenía a nadie allí. Sus padres no iban a asistir. No debía extrañarse, aunque la conversación telefónica que había tenido con ellos la noche anterior la había dejado con un hondo dolor.

Emily no se encontraba bien. No le hubieran sentado bien ni el calor ni la arena. Y tampoco hubiera sido correcto dejarla sola en casa...

Olivia había dicho que lo comprendía, como siempre había hecho a lo largo de los años.

Solo en una ocasión se había rebelado.

Había sido en su decimoquinto cumpleaños. Les había dicho que ella haría la cena. Y la tarta. Solo les había pedido que acudieran a la celebración.

Pero no lo habían hecho. Emily estaba hospitalizada y la habían ido a visitar en vez de ir a su fiesta de cumpleaños. Olivia se puso furiosa y nunca había llegado a perdonarlos del todo.

—¿Cómo habéis podido hacerme esto? Era lo único que os pedí. ¡Solo esto! —les había espetado Olivia a sus padres.

—No podemos dejar a tu hermana sola en la cama de un hospital, Olivia. Compréndelo. Tú disfrutarás de todos tus cumpleaños. Crecerás. Te casarás ¿Y Emily? ¿Cuánto tiempo le queda?

Ellos habían tenido razón. Olivia no había tenido derecho a sentirse abandonada. Además, expresar sus emociones delante de sus padres solo había servido para que se hubiera sentido más sola y más aislada.

Desde ese día, la habían tildado de egoísta. Tenían una hija enferma. Habían esperado que Olivia hubiera compartido la carga con ellos y les había fallado.

Olivia tragó saliva.

Estaba a punto de entrar en una sala donde no había ninguno de sus familiares. La única persona que conocería allí era el hombre a quien iba a entregarle su vida, alguien a quien apenas conocía.

Las puertas del santuario estaban cerradas y Olivia se detuvo ante ellas, esperando que se abrieran. Sabía que habría pocos invitados. Miembros de la nobleza y jefes de tribus beduinas, junto con un puñado de representantes de la prensa y empleados de palacio. No se parecería en nada a su otra boda, que había contado con miles de invitados y había sido televisada en directo a todo el mundo.

Ese día, sin embargo, no tendría ninguna distracción. No sería un gran espectáculo, sino algo más profundo, intuyó, mirando los austeros y fríos muros de piedra que la rodeaban.

De pronto, se abrieron las puertas.

El público era escaso, como Olivia había anticipado, aunque al ver a Tarek todo lo demás desapareció ante sus ojos. Hipnotizada por una poderosa atracción, comenzó a caminar hacia él. Con sus miradas entrelazadas, supo que estaba segura de lo que iba a hacer. Pero no era la ingenua ilusión de una joven que esperaba hacer realidad su fantasía de amor. Aquello era distinto.

Él era distinto.

Tarek estaba imponente. Parecía un guerrero moderno, nacido de la arena del desierto. Era la fuerza personificada. Llevaba un traje occidental de corte impecable que no conseguía ocultar su verdadera esencia.

Esa era una de las cosas que Olivia más admiraba de él. No se escondía. Era siempre auténtico.

Cuando la novia llegó a su destino, el clérigo empezó a hablar en árabe. Ella tenía conocimientos rudimentarios de aquella lengua, aunque no comprendía su sentido más profundo. Había leído la transcripción de lo que se diría ese día, así que sabía lo que iban a preguntarle en cuanto a sus votos.

Iba a tener que aprender a dominar su nuevo idioma. Estaba decidida a formar parte de esa nación igual que lo había hecho en Alansund.

Repitió sus votos despacio, mientras mantenía la vista baja. Cada vez que sus ojos se cruzaban con los de Tarek, el corazón se le salía del pecho.

Cuando ella terminó de hablar, llegó el turno del sultán.

Pero él no repitió los votos que estaban escritos. Ni habló en árabe.

—Soy un hombre de acción —dijo Tarek despacio con tono grave—. Y ahora te rindo a ti mi espada. Dejaría que mi cuerpo se desangrara antes que permitir que sufrieras. Ahora eres una de los míos, igual que este país es mío. Lo daré todo para defenderte y protegerte y destruiré a cualquiera que busque destruirte. Igual que tú me perteneces, yo te pertenezco a ti. Tuyos son mi cuerpo y mi lealtad. Jamás los compartiré con nadie más. Te honraré como el regalo más preciado y nunca te maltrataré. He jurado proteger el honor en que sienta sus bases este país. Por eso, te protegeré a ti. Te trataré con el mayor de los honores.

Acto seguido, Tarek tomó la mano de su prometida y se la apretó, sin dejar de mirarla a los ojos. Consciente de lo pequeña y blanca que parecía su mano en la de él, Olivia sintió que su juramento le llegaba al alma.

De pronto, las promesas que ella había pronunciado le parecieron vacías. Solo había repetido frases hechas, escritas por otra persona. Palabras que ella apenas entendía.

Igual que había hecho en su primer matrimonio.

Sin embargo, Tarek la había hablado desde lo más hondo de su corazón.

No era digna de ese honor, se dijo Olivia.

Pero quería serlo.

Cuando Tarek la soltó, el clérigo pronunció sus bendiciones. Todos los presentes tenían los ojos puestos en ellos con aspecto de gran solemnidad.

A la salida, Melia los esperaba.

—El banquete se servirá en el salón principal. Pueden ir allí y tomar asiento, mientras empiezan las celebraciones.

Olivia le dio la mano a Tarek y, juntos, atravesaron los pasillos de palacio. Al mirar al hombre que acababa de convertirse en su marido, sintió que estaba en el sitio correcto. El corazón se le salía del pecho. Sus sentimientos eran demasiado profundos, justo como, durante tanto tiempo, había temido que pudiera sucederle algún día.

—¿Pasa algo? —preguntó él, devolviéndole la mirada.

—Solo estoy asimilando lo que ha pasado.

—¿Que estamos casados?

—Sí. Y que este es mi hogar. Y tú, mi marido.

Él se detuvo y le tomó la otra mano, colocándose delante de ella.

—¿Por qué? ¿Qué es lo que quieres? Me he pasado las últimas dos semanas viendo fotos de tu vida en Alansund.

—¿Por qué? —preguntó ella con el estómago encogido.

—Para comprenderte.

—Podías haber hablado conmigo.

—Las fotos que he visto decían más que las palabras —repuso él, encogiéndose de hombros—. Siento curiosidad por saber por qué dejaste todo aquello para venir aquí.

—Porque allí ya no hay lugar para mí. Sé que no hemos tenido oportunidad de hablar de esto. Yo no... no me gusta hablar del pasado. No tengo muchos recuerdos felices.

Tarek arqueó las cejas, contemplándola como si lo comprendiera.

–Puedo hacerme una idea de qué se siente. ¿Me lo vas a contar?

–Mi hermana estaba enferma. Y está enferma. Tiene una terrible enfermedad autoinmune desde que éramos niñas. Mis padres se han pasado casi toda la vida en hospitales. Incluso ahora, sigue muy frágil. Tiene suerte de haber vivido tanto. Pero eso implica que mi vida fue muy solitaria. A menudo, yo estaba sola en casa mientras ellos iban a acompañarla a las pruebas clínicas. Por eso, me sentí tan atraída por la vida que Marcus me ofrecía. Él tenía facilidad para aligerar las cosas, para hacer que todo resultara fácil y divertido. Yo no sabía nada de eso. Tengo miedo a la soledad. No me gusta. Ni me gusta sentirme desplazada. He sufrido demasiado a causa de ello –explicó Olivia–. Emily no puede evitarlo. No es culpa suya. Ni es culpa de mis padres. Pero yo encontré una forma de tener un hogar... hasta que Marcus murió. Luego, me quedé de nuevo sin nada. Otra vez, volví a sentirme prescindible.

Olivia recordó el momento en que les había gritado a sus padres y se había enfadado por no haber asistido a su cumpleaños. Ellos la habían mirado como si hubiera fracasado en su deber. Ella tenía la obligación de conformarse con ser rechazada, porque tenía salud. Nunca se había sentido tan destrozada.

–Cuando Anton me sugirió esta unión como solución, acepté con los ojos cerrados –continuó ella–. Por eso estoy aquí. Al menos, aquí sirvo de algo.

Olivia no entendía por qué acababa de compartir todo aquello con Tarek. Ni siquiera había hablado de ello con Marcus. Sí, su difunto marido había conocido la enfermedad de Emily, pero había ignorado sus sentimientos al respecto.

Lo cierto era que Marcus nunca le había preguntado sobre nada demasiado íntimo.

Cuando Tarek la sorprendió tocándole la mejilla, ella se quedó perpleja, con los ojos abiertos de par en par.

—Eres necesaria. Debes saberlo.

Dicho aquello, el sultán bajó la mano y siguió caminando por el pasillo.

Sin tener demasiado tiempo para sopesar lo hondo que le había calado aquel gesto, Olivia fue conducida al salón de banquetes, que estaba iluminado con candelabros y adornado con preciosas flores. Era una explosión de alegría y color.

En la cabecera de la mesa, había cojines rojos, dorados y azules, esperándolos a Tarek y a ella.

—Esto es precioso. Nunca había estado en una fiesta así.

—Ni yo —repuso él.

Mientras lo seguía a su sitio, Olivia volvió a sentir curiosidad por conocerlo mejor. Ella había compartido parte de sus sentimientos y ansiaba que él hiciera lo mismo.

—¿Cómo es eso posible? ¿Por qué estabas en el desierto?

Los invitados comenzaron a llenar la sala. Al mismo tiempo, se estaba celebrando un banquete fuera de palacio, en el que se servía comida gratis a los ciudadanos de Tahar para festejar la boda de su sultán.

Los músicos llenaron de melodías el espacio, acompañados de camareros con bandejas repletas de manjares. Las preguntas de Olivia quedaron olvidadas en medio del bullicio.

Ella tomó un poco de cordero especiado y lo dejó en su plato, incapaz de comer.

A su lado, Tarek daba buena cuenta de su cena.

—Estaba en el desierto porque mi hermano temía tenerme cerca —le contestó él de pronto, clavando en ella sus ojos negros.

—¿Qué quieres decir?

—Hasta hace poco, no supe cómo era mi hermano ni lo que había hecho con mi país. Fue él quien orquestó el asesinato de mis padres.

Sus directas palabras cayeron sobre Olivia como pesados ladrillos. Apenas se había recuperado de la conmoción cuando él continuó.

—Creo que mi hermano temía que yo lo descubriera. Tenía miedo de lo que yo habría hecho. Destrozó mi voluntad. Me llenó la cabeza de sus enseñanzas. Me envió lejos, donde no le resultaba una amenaza. Me encomendó proteger su imperio mientras él lo hacía cenizas desde dentro —confesó él, y tomó otro bocado de comida—. He ido haciéndome consciente de todo esto poco a poco, a lo largo de los años —añadió.

Su mirada le produjo a Olivia un escalofrío.

—Me convirtió en una bestia. Me torturó hasta que yo no fui capaz de pensar en nada más que en el dolor y en sus palabras. Soy lo que han hecho de mí. Dudo que alguna vez pueda ser de otra manera.

Capítulo 9

TAREK no había pretendido hablar con Olivia con tanta sinceridad. No tenía sentido contagiarla con la oscuridad de su pasado. Él mismo quería olvidarlo. Sin embargo, cuanto más tiempo pasaba en palacio, más lo recordaba. Se despertaba de noche, desnudo, en busca de su espada, con todo el cuerpo empapado en sudor al revivir la tortura física y emocional a que su hermano lo había sometido tras la muerte de sus padres. Malik lo había hecho con la excusa de hacerlo más fuerte, pero por fin él entendía lo que se había propuesto en realidad. Destruirlo.

Lo único que lo había mantenido en pie en medio de tanto sufrimiento había sido pensar en su pueblo. La idea de convertirse en un arma perfecta para defender a su gente le había dado fuerzas para continuar. Había querido impedir que lo que les había pasado a sus padres volviera a repetirse jamás. Aunque no se le había ocurrido, en aquel tiempo, que la amenaza había provenido de dentro del palacio. Había sido su propio hermano quien había ordenado su asesinato.

No quería obsesionarse con ello. Pero Olivia había compartido con él una parte de sí misma y se había sentido obligado a hacer lo mismo. En el presente, sin embargo, había llegado el momento de que volvieran a sus aposentos. Era la hora de que consumaran su unión.

Una molesta sensación de inseguridad se apoderó de Tarek mientras los asistentes despedían a su nueva esposa con vítores y aplausos. Él nunca había aprendido a sentir placer. Ni sus manos sabían cómo proporcionarlo.

Volvió a pensar en la fantasía que había tenido hacía una semana, cuando había estado leyendo aquel libro lleno de secretos de gratificación sexual. Su fantasía era colocar las manos sobre los pechos de Olivia. Su piel era suave y blanca. La de él, sin embargo, era áspera y estaba marcada por cicatrices. ¿Cómo podía darle placer al tocarla?

Iba a tener que confiar en lo que había aprendido en su estudio. Y esperaba que su instinto despertara y tomara las riendas.

Aun así, le parecía difícil cumplir su tarea con éxito con una criatura tan delicada.

Los recién casados anduvieron en silencio a sus aposentos. Ninguno de los dos dijo nada. Ni se tocaron por el camino. Tarek cerró las puertas detrás de ellos y, cuando se volvió, Olivia estaba quitándose las pulseras de las muñecas. Poco a poco, se fue despojando de cada uno de los aros de plata y oro que habían adornado sus brazos.

Luego, levantó la vista y se quitó los pasadores que sujetaban el velo. Dejó la bonita tela encima de la cómoda, sin apartar en ningún momento los ojos de su marido.

–He estado pensando en lo que me dijiste –comentó Olivia.

–Lo siento –repuso él con el estómago encogido–. No es algo bueno en lo que pensar.

–Tal vez. Pero es algo que sucedió. También he

estado pensando en las promesas que me hiciste durante la ceremonia.

—Sé que no es lo que estaba escrito. Pero esas cosas hablaban de amor. Y yo no entiendo de amor. Pero sé lo que es la protección. Y la posesión. Quizá no son conceptos muy románticos, pero son reales en mi corazón.

Ella asintió despacio.

—Lo sé. Y lo entiendo. Aunque tus votos me hicieron sentirme en deuda. Solo te repetí palabras que habían sido redactadas por otra persona.

—¿Es que quieres decirme otra cosa?

—Sí. No lo he ensayado, pero... sí. Yo nunca he sido torturada, Tarek. Nunca he estado sola como tú. No he conocido la pérdida como tú. Te prometo que, cuando nos toquemos, mis manos solo te darán placer. Te prometo que nunca te abandonaré. Te prometo que, por mucho tiempo que necesite, te haré ver que no eres lo que hicieron de ti. Eres un hombre. Y haré lo que pueda para que así lo sientas.

Mientras pronunciaba las últimas palabras, Olivia se había desabrochado el cinturón y lo había dejado caer al suelo. Luego, se desabotonó los pequeños botones delanteros que tenía el vestido. Despacio, se lo quitó.

No llevaba nada debajo.

Tarek se quedó sin respiración.

Nunca antes había visto a una mujer desnuda en carne y hueso. Los dibujos, estatuas o pinturas no podían captar la magnificencia de lo que tenía delante de los ojos.

Apretando los dientes para mantener el control, el sultán contempló embelesado cada contorno, cada curva, bañados por la suave luz dorada de las velas que había en la habitación. Sus pechos eran turgentes y generosos, coronados por pálidos pezones rosados. Su cintura se estrechaba para volver a ensancharse en sus sinuosas caderas. Pero la sombra oscura de su pubis era lo que más concentraba su atención.

A partir de ese día, cada vez que pensara en el significado de la palabra «mujer», Tarek reviviría aquella imagen en su mente.

—Creo que no es hora de hablar —susurró ella, mirándolo con ojos brillantes.

El libro no había mencionado que iba a ser incapaz de respirar, se dijo Tarek. Y que su erección, de tan pronunciada, sería casi dolorosa. No había anticipado que le temblarían las manos. Ni que el deseo lo iba a dejar casi inmovilizado, poseído por la urgencia de tomarla al instante, allí mismo, en el suelo, sin preliminares.

Tarek creía haber aprendido algo en sus libros. Pero comprendió que de poco iba a servirle la teoría.

En su estudio, no había tenido en cuenta lo que Olivia podía hacer, ni los sentimientos que podía despertarle. Se había centrado en cómo satisfacerla y darle placer y en cómo cumplir su cometido como marido.

Pero, en ese instante, no era más que un tonto parado delante de una mujer desnuda.

Ella comenzó a caminar hacia él, meciendo su cuerpo con cada paso. Bajó la vista a su erección y sonrió.

—Me alegro de que estés complacido.

—Ve a la cama —dijo él con voz ronca.

—No pensé que fueras la clase de amante que da órdenes —repuso ella, arqueando una ceja.

—Ni yo. Ve a la cama.

Tarek necesitaba un poco de tiempo para recuperar la compostura y el control de su cuerpo.

Cuando su esposa se dio la vuelta, él se deleitó admirando su trasero, que se meneaba tentador mientras caminaba.

Aquella criatura hermosa y rebelde estaba obedeciendo su orden, se dijo Tarek, presa de un incendio en su interior. En sus pasadas interacciones físicas, ella había llevado la batuta. Sin embargo, esa noche, sería él quien tomara el control de la situación.

Así era como tenía que ser.

Olivia se sentó en el colchón y lo miró.

—Túmbate.

Con expresión interrogativa, ella se limitó a obedecer. Los pechos le subían y bajaban, al ritmo de su acelerada respiración.

—Pon los brazos por encima de la cabeza.

Ella hizo lo que le pedía. Actuaba con seguridad, como si confiara en él. Por suerte, ignoraba la verdad.

Si las cosas iban bien, nunca sabría que Tarek era virgen. No sería necesario.

Despacio, el sultán se acercó a la cama. Al llegar a su lado, le acarició la mejilla y el labio inferior, hasta la barbilla. Olivia dejó escapar un suspiro, relajó los labios y cerró los ojos.

Tarek deslizó los dedos por su cuello y entre sus pechos. Observó que se le endurecían los pezones. Sin poder resistir la tentación, se los acarició y se llenó de satisfacción al ver que ella se estremecía. Era más suave de lo que se había imaginado.

Luego, continuó con su exploración hacia abajo, deteniéndose en el monte de rizos que tenía entre los muslos. El fuego del deseo lo hizo temblar.

No era de piedra, reconoció él para sus adentros.

Era un hombre y deseaba a la mujer que tenía delante, desnuda.

No sabía si iba a poder complacerla. No tenía experiencia. Se había pasado quince años de su vida negándose a sí mismo el placer de la carne.

No podía ofrecerle su destreza, pues no tenía ninguna. Pero podía ofrecerle su deseo.

Cuando llevó los dedos un poco más abajo, ella gimió al sentir el contacto en su parte más íntima. Abrió las piernas, permitiéndole mejor acceso. Con el corazón acelerado, Tarek apenas podía respirar. Luchó por mantener el control, por ignorar la tensión que sentía entre sus propias piernas.

La acarició despacio, cerrando los ojos para recordar las ilustraciones que había visto en los libros. Olivia gimió, se estremeció y levantó las caderas, apretándose contra su mano.

—Por favor —susurró ella—. Tarek, por favor.

Él no tenía ni idea de qué le estaba pidiendo. Tenía la mente en blanco.

Ella posó la mano sobre la de él y la guio más abajo, presionando su dedo contra la entrada de su cuerpo. Él levantó la vista a sus ojos, que relucían de deseo. De nuevo, su esposa arqueó las caderas y él respondió a su súplica, deslizando su dedo dentro de ella.

Un sonido ronco y fuerte salió de los labios de Olivia y él apartó la mano, temiendo haber hecho algo mal.

—No. No pares —rogó ella y, agarrándole de la mano de nuevo, lo guio al mismo sitio.

Tarek siguió acariciándola despacio con el pulgar, mientras entraba dentro de ella otra vez.

Temblando, Olivia susurró su nombre. Él lo recibió como un impacto en el pecho. Estaba tan excitado que le dolía. Pero, sobre todo, sintió un exquisito placer. Sabía que el fin de todos aquellos juegos era el orgasmo. Sin embargo, quería retrasarlo todo lo posible. Quería continuar con la exploración del cuerpo de su esposa.

Ella siguió arqueando y meciendo las caderas y él no paró. La observó, tratando de imitar su ritmo, de proporcionarle el placer que le pedía.

Deslizó el dedo hacia delante y hacia atrás, hasta que el cuerpo de Olivia se sacudió y los músculos se le tensaron alrededor de su dedo.

Tarek sabía qué era eso. Había leído sobre ello.

Lleno de una satisfacción que era comparable al mejor de los orgasmos, el sultán sonrió.

Al mismo tiempo, una mezcla de orgullo por lo que había logrado e intensa humildad se apoderó de él. Aquellas manos que tanto dolor habían sufrido y causado, habían sido capaces de dar placer.

—Ni siquiera me has besado —musitó ella tras un momento, abriendo los ojos despacio.

Tarek se lanzó sobre ella y la besó, despacio, explorándola. Ella lo miró con una sonrisa y bajó la mano para rodear su poderosa erección.

—Creo que ahora es tu turno.

Un latigazo de calor lo golpeó cuando Olivia comenzó a tocarlo por encima del pantalón. El mundo entero desapareció a su alrededor. Allí estaban solos los dos, en su refugio privado. Nada podía lastimarlos. Por eso, quizá, no fuera necesario mantener el control, se dijo a sí mismo. Podía dejarlo para cuando traspasara las paredes de su intimidad, cuando tuviera que regresar al mundo exterior.

Los ojos azules de Olivia lo contemplaban provocativos, mientras le apretaba la erección con suavidad.

Tarek tragó saliva. No era de piedra. Era un hombre, después de todo.

Ella se arrodilló frente a él, sin dejar de tocarlo con una mano mientras con la otra le desabrochaba la camisa. Luego, poco a poco, le despojó del resto de la ropa.

Cuando estuvo desnudo, Olivia volvió a rodearle la erección con la mano, dejando escapar un sonido de admiración.

—Dime qué piensas —pidió él.

Quizá no era el mejor momento para hablar, pero Tarek necesitaba saber lo que ella tenía en la cabeza. No sabía qué esperaban las mujeres del cuerpo de un hombre.

—Estoy impresionada —respondió ella, recorriéndolo con la punta del dedo, sin dejar de mirarlo a los ojos—. Eres impresionante.

—¿Lo soy?

—Supongo que ya lo sabías. Dudo que sea la única mujer que haya alabado lo bien dotado que estás.

—Sí lo eres.

—Entonces, las otras mujeres con las que has estado debían de ser muy maleducadas —señaló ella, abriendo mucho los ojos.

—Nunca he estado con una mujer antes —admitió él sin poder evitarlo, a pesar de que había pretendido mantenerlo en secreto.

—¿Qué? —dijo ella, apartando la mano como si le quemara.

—Te dije que había jurado renunciar a los placeres terrenales. No podía permitir que nada me distrajera.

—No pensé que eso incluía el sexo.

—¿Tan raro es?

–En mi experiencia, eso sería lo último a lo que renunciaría un hombre.

–Entiendo. Mi hermano se dejó consumir por la lujuria. Yo decidí que era mejor no tentar a la suerte.

–¿Y ahora?

–Mis responsabilidades han cambiado. Ahora, te incluyen a ti.

–No estoy segura de si me gusta la idea de ser una responsabilidad –comentó ella, frunciendo el ceño.

Tarek le agarró la mano y la condujo hacia su erección.

–¿Esto te parece una responsabilidad?

–No, claro que no.

–Quiero esto –pidió él, apenas capaz de pronunciar las palabras–. Pero no sé mucho sobre cómo darte placer. He leído libros.

–¿Has leído?

–Sí. Para aprender a complacerte.

Ella se sonrojó.

–Bueno, por ahora, has hecho muy buen trabajo.

–¿Sí? –preguntó él, sujetándola de la barbilla con suavidad para que levantara la cabeza–. ¿Te ha gustado?

–Sí. ¿Lo dudas?

–Percibí tu orgasmo en mis dedos.

–Eres un buen estudiante –dijo ella, sonrojándose de nuevo.

–Me gusta hacer las cosas a conciencia –afirmó él, y tragó saliva, contemplándola–. Eres demasiado preciada para mí. No quería tocarte sin saber nada.

–No tengo queja sobre eso.

–Quizá he sido demasiado sincero.

–No –repuso ella, despacio–. Me alegro de que seas sincero.

Olivia lo miró a los ojos, inclinó la cabeza y depositó un beso en su pecho. Poco a poco, siguió bajando. Sujetó su erección y la apretó con suavidad, al mismo tiempo que se introducía la punta en la boca.

Tarek la sujetó de la cabeza y arqueó las caderas hacia ella, obedeciendo un impulso animal. Cuando Olivia abrió más la boca, tomándolo en más profundidad, tuvo que contenerse para no llegar al clímax en ese mismo momento. Él nunca había sentido tanto placer. Nunca se había imaginado que algo así pudiera existir. No podía hacer más que entregarse a disfrutar de cada caricia de su lengua, de sus dulces labios.

Entonces, el sultán recordó todo el dolor que había recibido de manos de su hermano.

Mirando a la hermosa mujer que lo incitaba con su boca, se dijo que había descubierto un nuevo tipo de tortura. Sus suaves manos eran más poderosas que el más duro de los latigazos. Estaba a su merced y tenía la sensación de que podía explotar en cualquier momento, solo con que ella moviera la lengua y la mano de determinada manera.

Cuando Olivia succionó con más fuerza, él dejó de pensar. Apretó los dientes, tan cerca del clímax que no se creyó capaz de controlarse. Pero la idea de terminar de aquella manera lo horrorizaba. No podía hacerle eso a Olivia.

–Basta –dijo él, tirándole del pelo–. No puedo resistir más.

–Bien –repuso ella–. Quiero tenerte dentro.

–No estoy seguro de poder contenerme –confesó él con total sinceridad.

–Podemos intentarlo –sugirió ella.

Siempre tan perfecta y correcta, observó Tarek para sus adentros, ansiando sumirla en la más irresistible de las pasiones, hacer que ella perdiera el control y la compostura, igual que le estaba sucediendo a él.

Con un gemido, la tumbó en el colchón y la agarró de las muñecas. Le separó los muslos y se colocó entre ellos.

—Haré algo más que intentarlo.

Mientras le besaba el cuello, ella arqueó las caderas, gimió y se retorció.

Al notar el calor y la humedad de su entrada, loco de pasión, Tarek fue capaz de esperar todavía un segundo más.

—Di que me deseas —rugió él, con los labios apretados contra el cuello de ella.

—Sí. Te deseo. Por favor —suplicó Olivia, apretándose contra él.

Entonces, el sultán se sumergió en su interior despacio, apretando los dientes al percibir su húmedo calor. Tembló, hundiendo la cabeza en su cuello, temiendo que el orgasmo le obligara a terminar cuando apenas había empezado.

Pensó en sus años en el desierto, en la arena seca e interminable.

Pensó en los años en que nadie le había hablado, nadie lo había acariciado ni abrazado.

Todo eso había cambiado. Estaba allí, con ella. Y por nada del mundo dejaría que lo que estaba experimentando terminara antes de la cuenta.

Era un hombre, pero también era un guerrero. Y sabía cómo mantener el control. Levantó la cabeza y la besó en la boca, después de contemplar un instante sus mejillas sonrojadas, sus ojos cerrados.

Entonces, entró y salió una y otra vez, animado por los gemidos de su mujer.

Ella le rodeó las caderas con las piernas, arqueándose, susurrándole al oído súplicas, gemidos. Pero Tarek había perdido la habilidad de comprender las palabras.

Olivia se movía al mismo ritmo, apretándose contra él. Al instante, se estremeció en sus brazos y sus músculos internos se tensaron con fuerza alrededor de él.

Entonces, Tarek se dejó ir. Aulló como una bestia, rindiéndose por completo al clímax. Y se derramó dentro de ella.

Cuando él abrió los ojos, se la encontró mirándolo con gesto de sorpresa. Al momento, apartó la vista, cerrando los párpados.

—Olivia —dijo él con voz ronca, irreconocible.

Ella se removió debajo de él, soltando un pequeño quejido.

—¿Me dejas...?

—Lo siento —dijo él, y se hizo a un lado, dejándole su espacio.

Olivia se sentó y se llevó las rodillas al pecho. Él se quedó a su lado, con la cabeza apoyada en la mano. No podía dejar de admirar las curvas de su esposa. Era la cosa más hermosa que había visto jamás. Era como un oasis en el desierto.

Despacio, ella le recorrió el brazo con una caricia.

—Tarek... eres hermoso —susurró Olivia, tocándole una cicatriz—. Tan fiero y, a la vez, tan cuidadoso. Ha sido... No tengo palabras para describirlo. ¿Por qué nunca has estado con nadie? ¿Por qué te lo has negado a ti mismo? —preguntó, y se estremeció con un escalofrío—. ¿Qué te ha hecho tu hermano?

Capítulo 10

NO TENEMOS que hablar de eso. Ahora no. Ella asintió despacio, sin apartar la mano de su brazo. Se quedó callada un momento, con la vista baja. Y volvió a mirarlo.

—¿De veras nunca habías estado con una mujer antes?

—No.

—¿Y has...? ¿Qué... qué has hecho con... otras personas...?

—No recuerdo la última vez que alguien me había tocado antes que tú —confesó él. De pronto, el contacto de sus dedos sobre la piel se le hizo insoportable.

—Lo has hecho muy bien —afirmó ella—. Deberías saberlo.

—No es necesario que mientas. De hecho, es mejor que no lo hagas. Así aprenderé a complacerte mejor.

—No te miento. Confía en mí. Yo solo había estado con mi marido antes. Pero te lo digo porque creo que la comunicación es importante. Sobre todo, en el dormitorio.

—Supongo que tu marido no necesitaba instruirse sobre el tema.

—No —negó ella con la vista baja—. Aunque, en cierta forma, sí lo necesitaba. Cada vez que estás con alguien nuevo, debes aprender cómo funciona. No todos los cuerpos son iguales. Estar contigo es diferente.

—¿Y te complace?

—Sí —afirmó ella sin ninguna duda, mirándolo a los ojos.

—Si lo hubiera sabido... Si hubiera sabido cómo eres, no te habría rechazado el primer día que me tocaste.

—¿De verdad? —preguntó ella con una sonrisa.

—Sí. Yo siempre digo la verdad. A veces, peco de ser demasiado sincero.

—Ya me he dado cuenta. Me gusta. Es muy refrescante.

—¿Por qué?

—No estoy segura. Tal vez, porque me he pasado la mayor parte de la vida con gente que medía demasiado sus palabras. De niña, aprendí que ser sincera podía tener malas consecuencias. Pero me alegro de que tú lo seas.

—Supongo que también tiene su valor ser cuidadoso con lo que se dice.

—Si te enseño a serlo, debes prometerme que nunca lo utilizarás conmigo.

—Una extraña petición.

—Quizá yo sea extraña —reconoció ella, ladeando la cabeza.

—Creo que, de nosotros dos, yo soy el raro.

—Es posible.

Olivia se tumbó en la cama de nuevo. Era la tentación personificada. Tarek podía perderse en ella con facilidad, hacerle el amor hasta que los dos cayeran dormidos.

¿Y qué pasaría cuando llegara el sueño?, se preguntó él. Se le heló la sangre.

–Es hora de que vuelvas a tu habitación.

–¿Qué? Creí que...

–Por muchas razones, entre ellas, que todavía tengo que resolver mis problemas de sonambulismo. Creo que sería mejor que durmiéramos en cuartos separados.

Ella asintió despacio.

–Había supuesto que dormiríamos separados, pero no hoy.

–Tengo miedo de agarrar mi espada mientras estoy dormido.

–¿Y si la sacas de tu cuarto? –sugirió ella, arqueando una ceja.

–Podría. Pero... ¿qué otra cosa agarraría en su lugar?

–Se me pueden ocurrir muchas ideas –comentó ella con sarcasmo.

Olivia volvía a exhibir ese frío desapego que delataba que algo la había ofendido, reflexionó Tarek. Sin embargo, él no sabía cómo arreglarlo. Solo sabía que necesitaba estar a solas. Necesitaba tiempo para asimilar lo que había pasado y no podía hacerlo estando allí con ella.

–Por favor, no te lo tomes como algo personal –rogó él–. No te enfades.

Ella movió la cabeza, apartando sus manos de él.

–Las cosas no funcionan así, Tarek.

–¿Por qué no?

–No puedes parar una bala cuando ya la has disparado. Supongo que un guerrero como tú debe de entenderlo.

–Pero yo no quería dispararte.

–Eso no importa tampoco –dijo ella, tocándole la mejilla.

—Es por tu seguridad.

—Seguro que sí. Buenas noches, Tarek.

Olivia salió de su cama. Tomó su vestido de novia del suelo y se lo puso, sin molestarse en recoger nada más. Ni las pulseras, ni el cinturón, ni el velo.

Había entrado en los aposentos del sultán como una novia. Y salía como una mujer casada. E infeliz.

Sin embargo, Tarek necesitaba poner límites. Era mejor que ella aprendiera que había cosas que era mejor mantener fuera de su alcance.

Podía compartir su cuerpo, pero no su alma. Nunca expondría a Olivia a todo lo que él había vivido. Nunca compartiría con ella la razón de sus cicatrices.

Era una mujer demasiado bella como para exponerla a algo tan feo.

Era difícil, cuando él tenía impresa la fealdad por todo el cuerpo.

Olivia sabía que con Tarek no surtirían efecto sus juegos. Con su primer marido, la estrategia de no acudir a su cama durante un tiempo cuando había estado enfadada le había servido para recibir las disculpas deseadas. Marcus no había querido pasarse sin el sexo, por eso, había dicho cualquier cosa con tal de restaurar la armonía en esa área de sus vidas. Tarek, por supuesto, era distinto. Era un hombre imposible de manipular, no porque fuera fuerte, sino porque no entendía aquella clase de subterfugios.

Se sentía destrozada.

Él la había desnudado en todos los sentidos en la noche de bodas, no solo en el aspecto físico. No podía olvidar el modo en que la había mirado, como si hubiera sido especial, como si fuera la única mujer del mundo. Con el corazón acelerado, se dijo que, en realidad, era la única mujer que lo había tocado, que lo había recibido dentro de su cuerpo.

Sin poder evitarlo, volvió a compararlo con su primer marido. Marcus había sido un experto. Había estado con incontables mujeres antes que ella. Había sabido con exactitud dónde tocar y cómo. La había dejado siempre saciada y satisfecha. Aunque ella tenía la sensación de que habría actuado igual sin importar a qué compañera hubiera tenido en su cama.

Tarek, por otra parte, la había dejado dolorida. Y desesperada por disfrutar más de él. La había devorado como si hubiera sido la única mujer del mundo.

No tenía sentido comparar a los dos hombres. Sobre todo, cuando uno de ellos estaba muerto y no podía cambiar las cosas, aunque ella quisiera pedírselo. Cuando habían estado juntos, nunca le había pedido a Marcus nada más que lo que él le había dado.

A diferencia de Tarek, Marcus nunca le había jurado fidelidad.

Y ella no se la había pedido.

Tampoco la había esperado de Tarek.

Aun así, él se la había ofrecido.

Por primera vez, Olivia se preguntó a sí misma por qué nunca le había exigido nada a Marcus, por qué se había conformado con lo que le había dado sin más. No solo lo había aceptado, sino que había estado cómoda así. Tal vez, era porque Marcus nunca había logrado llegar a su alma con una sola mirada, como hacía Tarek.

La intimidad implicaba compartir y cambiar las cosas. Significaba detectar lo que no iba bien y tratar de arreglarlo. Enfrentarse a los problemas directamente.

Era algo que nunca le había salido bien a Olivia. El precio había sido demasiado grande.

Por eso, nunca había querido mantener esa clase de intimidad con su primer marido.

No estaba segura del todo de querer hacerlo en el presente. Esa era la razón por la que estaba evitando la cama de Tarek. Cuando habían hecho el amor, sus rudos e inexpertos movimientos, llenos de pasión, le habían llegado al alma. La habían hecho sentirse expuesta y vulnerable. A continuación, después de todo eso, él le había pedido que se fuera, cuando lo único que ella había querido había sido acurrucarse entre sus brazos hasta que ambos hubieran sucumbido al sueño juntos.

Estaba furiosa. Aun así, había quedado en acompañarlo al centro de la ciudad, donde Tarek tenía que dar un discurso ante un monumento que conmemoraba la fundación de su nación. Era el aniversario de la unificación de las tribus primitivas en un estado soberano. Por supuesto, el sultán tenía que estar allí, hablando del nuevo futuro que le esperaba a Tahar.

Y ella, la nueva sultana, debía estar a su lado y mirarlo con adoración cuando lo que en realidad quería era arañarlo y clavarle los dientes.

Atravesó la antecámara de la sala del trono e hizo una pausa para ajustarse el pañuelo que se había puesto en la cabeza. Cuando salió fuera, se puso unas gafas para protegerse del sol. Y de la mirada de Tarek.

Él la estaba esperando delante de la limusina. Llevaba un traje oscuro hecho a medida, y tenía las manos metidas en los bolsillos. Era curioso lo rápido que se había acostumbrado a llevar trajes occidentales. Una ropa que no lograba disimular la belleza y perfección de su cuerpo musculoso.

Olivia estaba obsesionada con su cuerpo. Eso no hubiera sido un gran problema si no hubiera estado obsesionada también con él, un hombre inalcanzable.

—Buenos días —saludó ella.

Cuando él se giró, se le encogió el estómago. Ya no se parecía al hombre que había conocido en la sala del trono el primer día. Sin la barba, peinado y bien vestido, era la personificación de la belleza masculina. Eso, sin contar con el poderoso magnetismo que irradiaba su persona.

—Me estás hablando a mí, Olivia —repuso él, recorriéndola con la mirada.

Ella se preguntó si habría tenido que ponerse un vestido o algo más tradicional. Quizá, sus pantalones de color crema y su blusa dorada con chaqueta a juego no fueran el atuendo indicado. Si Tarek lo pensaba, no lo dijo.

—No tienes que cubrirte el pelo —señaló él, abriendo la puerta de la limusina.

—Lo sé. Es por el viento —respondió ella y, pasando por delante de él, se metió en el coche, se sentó en el otro lado y se abrochó el cinturón con resolución.

—Esta noche, nos quedaremos en la ciudad —continuó él, tras sentarse a su lado.

La limusina comenzó a alejarse de palacio, mientras ella registraba el dato.

—No he traído nada.

—Ya nos hemos ocupado de eso.

Olivia se quedó callada.

—Estás enfadada. Llevas días sin hablarme.

–Muy bien, Tarek. En la próxima lección, hablaremos de las emociones humanas.

–Te expliqué por qué no quería que te quedaras en mi habitación.

–No me creo las razones que me diste –le espetó ella con amargura.

–¿Quieres quedarte conmigo?

–Sí.

Fue una admisión difícil para Olivia, que exponía su vulnerabilidad. Se había pasado demasiado tiempo manteniendo sus debilidades emocionales a buen recaudo. Pero Tarek era como un soplo de aire fresco, algo que ella necesitaba y, al mismo tiempo, no podía controlar.

Hacía muchos años, había aprendido a mantener su corazón enjaulado. Porque estaba harta de sufrir cada vez que sus padres la habían desatendido porque habían tenido que estar con Emily. ¿Qué clase de monstruo podía ser para querer robarle la atención a su hermana enferma? Por eso, se había conformado con lo que Marcus le había ofrecido, sin pedir nada más. Había sido capaz de quererlo sin saber mucho de él y sin compartir tampoco sus sentimientos más hondos.

Por alguna razón, sin embargo, Tarek había roto esa jaula y había liberado su corazón.

Él ni siquiera lo sabía. Si había logrado llegarle al alma a Olivia, no había sido intencionado, de eso ella estaba segura. Quizá ese fuera el peligro de relacionarse con un hombre que nunca había estado con otra mujer. Su sinceridad y la forma en que se había entregado en la cama la habían desarmado.

Olivia nunca había tenido nada que hubiera sido solo para ella, hasta que se había acostado con Tarek.

Por eso, no había estado preparada para lo que su corazón iba a sentir.

Había estado lista para casarse con un desconocido en la otra punta del mundo, alguien que tenía una cultura y unas costumbres distintas. Pero no había previsto, en absoluto, que aquel desconocido le llegara al alma con tanta facilidad.

Eso la angustiaba. Y le irritaba darse cuenta de todo ello mientras estaba sentada a su lado en un coche. En ese momento, la posibilidad de saltar en marcha le pareció preferible a seguir compartiendo con él aquel pequeño espacio.

Pero, por supuesto, no tenía a dónde escapar.

La limusina bajó por una estrecha callejuela hasta la autopista que conducía desde las afueras al centro de la ciudad. Era mucho más urbana que Alansund. Al vivir en un palacio que era una reliquia de otros tiempos, era fácil olvidar que el país era una potencia mundial y un importante centro de finanzas y tecnología.

Se adentraron en el área de negocios, donde los rascacielos se levantaban amenazadores sobre sus cabezas. Olivia había crecido en Nueva York y estaba acostumbrada a las ciudades. Aun así, aquel le pareció un paisaje más extraño que el inmenso desierto que se extendía ante la ventana de sus aposentos en palacio.

Era curioso lo rápido que el palacio se había convertido en su hogar, en su mundo.

Y era curioso lo deprisa que Tarek se había convertido en parte de su existencia.

El viaje en coche fue en silencio. Llena de tensión, Olivia se pasó todo el trayecto dándole vueltas a cosas a las que nunca daría voz. Al final, llegaron a la estatua conmemorativa de un hombre a caballo, que simbolizaba la fuerza de la nación. Era allí donde tendría lugar el discurso. Ya había una multitud esperando y el equipo de seguridad estaba en su puesto.

Los guardaespaldas se acercaron al coche, abrieron las puertas y los acompañaron hacia el podio. Ella se quitó las gafas de sol mientras caminaban y tomó posición a la derecha del sultán, un paso por detrás de él. Sabía cómo debía actuar. Debía adoptar el papel de esposa de un rey. Lo había hecho muchas veces con Marcus.

Pero entonces se había sentido distinta.

En el presente, observando cómo Tarek pronunciaba palabras que ella apenas comprendía, experimentó un orgullo inmenso. Aquello no era fácil para él. No era su fuerte. Era un hombre que apenas había hablado con nadie en los últimos quince años y, mucho menos, delante de una multitud. A pesar de ello, lo estaba haciendo, porque amaba a su país.

Tarek había cambiado su vida y estaba cambiándolo todo en él para convertirse en el líder que Tahar necesitaba.

La vida era siempre un reto, aunque uno estuviera cumpliendo la misión para la que había sido creado.

Olivia contempló sus movimientos sin perder detalle, hasta que el discurso terminó y un estruendoso aplauso los envolvió. Entonces, solo entonces, ella se fijó en las caras del público. Cuando percibió su esperanza y su admiración, se le aceleró el corazón.

Después de eso, los guardias de seguridad los condujeron a la limusina. Cuando estuvieron dentro y Tarek exhaló con fuerza, ella comprendió que debía de haber estado conteniendo la respiración en los últimos veinte minutos.

—Lo has hecho bien —le alabó ella, dejando de lado su enfado por un momento.

—Ahora tenemos que ir a un hotel que está cerca de aquí. Es una tradición, para honrar a su dueño. Es el hotel más antiguo de esa clase en la ciudad. Por supuesto, ha sido modernizado, según me han asegurado. Aunque a mí no me importa que algo no sea moderno. Ni me molestaba vivir en una cueva.

—Seguro que lo apreciarán —contestó ella con la vista baja—. ¿Has pedido habitaciones separadas para nosotros? ¿O no lo has hecho, por los rumores que podría suscitar? —preguntó, rompiendo la breve tregua.

—Nos han dado la suite del ático. Me imagino que será lo bastante espaciosa para los dos.

—No lo sé. Depende de si has traído tu espada o no.

—No me provoques, Olivia. Sé que te he dado la impresión de ser una especie de gato casero y que me he dejado domesticar en ciertos aspectos. Pero te aseguro que soy más tigre que mascota. No me obligues a demostrártelo.

—Pues te contienes mucho para ser un tigre. Has dejado que pase dos días sin hablarte y en ningún momento me has llamado la atención por ello.

De pronto, Olivia se encontró acorralada dentro del coche, con el cuerpo de Tarek encima y sus manos a los lados.

—No creas que puedes manipularme. Me has visto en una posición de desventaja, confundido ante un mundo que es nuevo para mí. Pero no puedes jugar conmigo. Yo no soy tu aristocrático marido. Nunca olvides que, conmigo, no te servirán de nada las mismas artimañas.

—No te preocupes. No olvidaré que no eres Marcus —señaló ella con tono cortante. No le importaba cómo interpretara él su afirmación.

—Bien —le espetó Tarek.

La limusina paró delante de un gran edificio de piedra. A Olivia le recordó a ciertos monumentos medievales europeos.

—Es un vestigio del colonialismo —comentó él.

—Eso he pensado —repuso ella. Hablar de la arquitectura era mucho más seguro. No quería seguir dando rienda suelta a su irritación, pues delataba algo mucho más profundo y peligroso acerca de sus sentimientos hacia él.

Tarek no esperó al chófer. Salió del coche y le abrió la puerta a Olivia. Luego, le dio su brazo y la llevó dentro del edificio.

Había pocas muestras de modernización en el vestíbulo. Unas puertas doradas giratorias conducían a una grandiosa entrada de mármol. Lámparas de araña colgaban de los techos abovedados y dos escaleras curvas flanqueaban ambos lados de la sala.

Los empleados inclinaron las cabezas con deferencia, pero ninguno de ellos se acercó. Fue el dueño quien atravesó el centro de la sala con una amplia sonrisa y la mano extendida. Tarek se la estrechó y Olivia hizo lo mismo.

—Bienvenidos —saludó el propietario del establecimiento, señalando a su alrededor con la mano extendida—. Es un gran honor tenerlos aquí. Como saben, este hotel ha recibido a todas las generaciones de la familia real desde que fue construido. Hemos preparado nuestra mejor habitación. Es una ocasión doblemente especial, pues no solo celebramos tener un nuevo monarca, sino también el matrimonio real.

–Gracias –dijo Olivia, sin sonar muy convincente.

–La suite está en el piso de arriba –continuó el hombre, y le entregó a Tarek la llave–. ¿Quieren que les acompañemos o prefieren ir a solas?

–Creo que podremos encontrarla sin ayuda –contestó Tarek.

–Les subiremos el equipaje, después de darles unos momentos para refrescarse.

–Gracias –repuso Tarek.

Olivia seguía a su lado, silenciosa, quieta. Como una estatua. Pero era una estatua que podía andar. Lo siguió al ascensor y contuvo el aliento cuando las puertas se cerraron. De nuevo estaba sola, en un pequeño espacio cerrado, con el hombre que la estaba volviendo loca.

Era ridículo. A ella no la volvían loca los hombres. Nunca había dejado que nada le hiciera perder su fría compostura.

Excepto Tarek. Todo en él era diferente.

Subieron en silencio, mientras Olivia se preguntaba qué había pasado con sus habilidades sociales y su formación para ser siempre cortés y diplomática. En otro tiempo, había sido una reina, segura en su posición y sin dudas sobre cómo manejar su matrimonio.

Tal vez, había sido porque no había esperado nada de su unión con Marcus. Sin embargo, quería ser importante para Tarek. Y ansiaba comprenderlo.

Frustrada consigo misma, soltó un suspiro exasperado. Odiaba ponerse introspectiva. Y analizar el pasado no le estaba siendo de ninguna ayuda. Apenas reconocía a la mujer que había sido en el pasado. Muchas cosas habían cambiado dentro de ella desde el día en que había entrado en la sala del trono para convencer al sultán de que se casaran.

Entonces, sus razones habían sido diferentes. No habían tenido nada que ver con Tarek y sí consigo misma. Había estado desesperada por encontrar un lugar en la vida. Había deseado seguir rodeada de cosas, de gente, para no sentirse sola, para ocultar el vacío que sentía en el pecho.

De pronto, Tarek se había convertido en su centro de atención. Su motivación no había sido huir de la soledad, porque había comprendido que había estado sola demasiado tiempo, aun rodeada de gente. Aun durmiendo junto al primer hombre con quien se había casado.

Observó que su marido, el único que le importaba, salía del ascensor y se encaminaba a la única puerta que había en el pasillo. Al introducir la tarjeta llave en la ranura, una lucecita verde indicó que estaba abierta.

–¿Sabías cómo utilizarla?

–No es tan difícil –contestó él, arqueando una ceja.

–Bueno, me cuesta discernir lo que te resulta difícil de aprender y lo que no. Está claro que la anatomía femenina también te ha sido fácil. Los sentimientos femeninos, por otra parte...

Tarek levantó la tarjeta en la mano.

–Me atrevería a decir que este mecanismo es mucho más sencillo que tu maquinaria interna. Si pudiera introducirte la tarjeta en la frente y, así, tener acceso a tus secretos, lo haría.

–¿Quieres decir que las mujeres son complicadas?

–A veces, me pregunto si no sería mejor vivir la vida en soledad. También pienso que el sexo no merece la pena, teniendo en cuenta los problemas que causa.

–¿Solo lo has experimentado una vez y ya te has convertido en un experto en las consecuencias del sexo?

–Las estoy sufriendo –afirmó él, delatando su desánimo.

–Si hubiera sido solo sexo, no habría problema.

–¿No ha sido solo sexo?

Ella negó con la cabeza.

–No. ¿No lo sabes?

–¿Qué quieres que sepa? No sé lo que significa tener solo sexo –rezongó él, y abrió del todo la puerta.

La suite era preciosa, una muestra de lujo moderno. Sin embargo, no era algo nuevo para Olivia, por lo que no se quedó demasiado impresionada. Además, tenía otras cosas en que pensar.

–¿Se supone que debes sentirte como si te hubieran sacado el corazón del pecho? ¿Se supone que tienes que sentirte como si no pudieras respirar cuando recuerdas el contacto físico con la otra persona? ¿Es normal que te duela hasta lo más hondo de los huesos? Si es así, me imagino que sí comprendo lo que significa haber tenido sexo.

–No –negó ella con el corazón acelerado–. Cuando solo es sexo, te sientes bien. Ni siquiera yo sé cómo llamar a lo que siento desde que hicimos el amor.

–Es un honor haberte podido mostrar una nueva sensación, mi reina –dijo él con frialdad.

–Mi rey, te aseguro que nunca había conocido a

nadie ni remotamente parecido a ti –reconoció ella, dando un paso hacia él.

–Para empezar, no sé sonreír –señaló él, molesto.

–No muy bien –replicó ella, acercándose un poco más.

Tarek le agarró el rostro entre las manos y la besó con fuerza, en profundidad. Fue incluso doloroso, pero a ella no le importó, porque reflejaba sus propios sentimientos. Entonces, con tanta brusquedad como la había besado, se apartó de ella.

–Necesito una ducha –dijo el sultán, y salió de la habitación.

Olivia se quedó allí de pie, un poco mareada. Furiosa. ¿Qué le estaba pasando? ¿Por qué le estaba dando tantos problemas ese hombre? Había sido esposa de un rey cuyas dotes amatorias habían sido mundialmente reconocidas. ¿Por qué se sentía mucho más afectada por alguien que nunca había besado a una mujer antes que a ella? Con el corazón encogido, entendió la respuesta. Esa era la razón. Era única para él. Y así era como Tarek la hacía sentirse.

Nunca, en toda su vida, se había sentido especial para nadie. ¿Había sido especial para sus padres? ¿Y para su primer marido?

¿Había sido, siquiera, especial para sí misma? ¿O se había limitado a hacer cualquier cosa necesaria con tal de huir de la soledad? Si se hubiera querido a sí misma, al menos, habría tenido el valor de exigir lo que necesitaba.

Solo lo había hecho una vez. Después del día en que había gritado a sus padres por no asistir a su fiesta de cumpleaños, siempre había tenido miedo de no ser merecedora de amor.

Había intentado aceptarlo. Se había resignado a no tener jamás lo que más ansiaba.

Pero no había logrado dejar de necesitarlo.

Y estaba cansada. Estaba harta de vivir tras altos muros para proteger su corazón. Odiaba estar sola. Quería tocar y ser tocada. No quería mantener las apariencias, ni comportarse con educación. Quería vivir la realidad en toda su profundidad.

Olivia se quitó la chaqueta, la blusa y los pantalones. De camino al baño, se despojó de la ropa interior. Al entrar, se quedó parada ante las anchas espaldas desnudas de Tarek. Él estaba de pie bajo la ducha, salpicado de gotas calientes.

Entonces, ella se quedó hipnotizada. No fue solo por su bella musculatura, ni por su piel bronceada o su trasero perfecto.

Fue por sus cicatrices.

Había examinado su torso, su pecho y sus abdominales. Pero, hasta ese momento, no había podido verle la espalda. Tenía marcas de latigazos. Sin lugar a dudas, su piel delataba que lo habían torturado con suma crueldad.

Por primera vez en su vida, el corazón de Olivia se llenó de odio. Odió a su difunto cuñado. Lo odió con toda la rabia de que era capaz. Si no estuviera muerto, lo habría matado ella con sus propias manos.

Sabía que había sido él quien le había hecho aquello a Tarek.

Sin decir nada, se dirigió a la ducha, abrió las puertas de cristal y entró. Lo abrazó por detrás, apoyando la cabeza en su espalda.

—Lo siento.

Olivia no estaba segura de si se estaba disculpando por lo que le había dicho hacía unos momentos o por las atrocidades que él había sufrido. Posiblemente, por todo.

Tarek se puso rígido bajo su contacto. Pero no se apartó. Ni se giró.

—Soy yo quien debería sentirlo —dijo él.

—No sé qué hacer contigo.

—Si tú no lo sabes, poca esperanza nos queda a los demás.

Ella le acarició el pecho.

—¿Qué quieres decir?

—Tú siempre sabes qué hacer, Olivia.

—Ahora mismo, no. Ahora mismo, estoy tan perdida como tú.

Tarek se volvió y la tomó entre sus brazos, acorralándola entre su erección y la pared de la ducha.

—Yo sé lo que quiero —afirmó él, mientras la atravesaba con su intensa mirada.

—¿Qué? —musitó ella.

—A ti.

—Pues tómame.

Con un grave gemido, Tarek inclinó la cabeza y la besó con desesperación. Ella le acarició la espalda, tocando cada cicatriz. Ardía en deseos de que la poseyera, pero, sobre todo, ansiaba sanarlo. Quería llegar a lo más hondo de su ser. Si, para lograrlo, tenía que liberarse de sus propias defensas y mostrarse vulnerable ante él, lo haría.

Olivia le sujetó la erección con la mano y se la colocó en la húmeda entrada de su cuerpo.

—Por favor —susurró ella.

Él flexionó las piernas y la penetró con un solo movimiento.

El agua caliente llovía sobre ellos, mientras Tarek la cubría de besos. No estaba sola, se dijo ella, entrelazando sus miradas. Tarek sabía ver quién era. Para él no era solo un cuerpo, una agradable distracción, ni un deber. La necesitaba.

Y ella lo necesitaba a él. Por primera vez, aquella certeza no la aterrorizó. Lo necesitaba y eso la hacía sentirse de maravilla. La hacía sentirse hermosa. Y poderosa.

Adivinó que, si no se entregaba a sí misma, Tarek nunca sería capaz de liberar su propio corazón de la cárcel que lo asfixiaba.

Gritando mientras el orgasmo la estremecía, Olivia lo agarró de las nalgas, apretándose contra él, rindiéndose al más intenso placer que había experimentado jamás. No contuvo sus gritos ni sus gemidos, no se guardó nada. Se entregó por completo. Y, cuando él llegó al clímax, ella se deleitó con cada detalle. Lo sintió temblar, agarrarla con fuerza de las caderas, atravesado por el más puro éxtasis.

Después, no hubo más sonido que el de las gotas de agua golpeando los azulejos y sus respiraciones resonando dentro de la ducha.

–Vamos a la cama –dijo ella con tono suave, pero firme–. Juntos.

–Solo un rato –repuso él con cautela, besándola en el cuello.

Tarek cerró los grifos y salieron de la ducha. Olivia tomó una toalla y comenzó a secarle la piel, explorando cada una de sus cicatrices, memorizándolas. Él se quedó de pie, dejándola hacer. Se sentía honrada de poder presenciar las marcas que le cubrían el cuerpo. En parte, quería apartar la mirada, cerrar los ojos, fingir que no las había visto.

Pero sería una equivocación. Alguien tenía que verlas. Alguien tenía que preocuparse por él y por lo que le había sucedido.

Olivia no podía seguir fingiendo que preocuparse por alguien significaba no hacer preguntas, no pedir nada. Eso no era amor, se dijo a sí misma.

Un agudo dolor le atravesó la frente, la garganta, el pecho. Había amado a Marcus. No podía negarlo. Su pérdida la había sumido durante meses en la más negra depresión.

Pero, en ese momento, dudaba haber estado enamorada alguna vez de él. En su relación, los sentimientos demasiado profundos no habían tenido cabida. Habían sido compañeros, amantes, pero no habían compartido nada parecido a lo que compartía con Tarek. Ella sentía como propio el dolor que había sufrido su actual marido. Y no podía imaginarse su éxito separado del de él.

De repente, recordó la pregunta que Tarek le había hecho hacía semanas, cuando había querido saber si ella seguía imaginándose con Marcus.

La respuesta era no. Olivia nunca había sido parte de Marcus.

Tarek sí era parte de ella.

Si lo perdía, sabía muy bien que sería como quedarse sin corazón. Le resultaría casi imposible continuar viviendo. Ese era el precio del amor.

Lo amaba.

Olivia deseó poder evitarlo, pero era imposible.

El sultán agarró otra toalla y se ocupó de secarla.

Cuando terminó, la tomó en sus brazos, la llevó al dormitorio y la colocó con cuidado en la cama.

Olivia se tumbó, desnuda, observando que él se colocaba a su lado.

—Cuéntame qué te pasó en la espalda —pidió ella en voz baja.

Lo quería saber todo de él. Aunque fuera duro, aunque le lastimara descubrir las cosas terribles que había padecido en el pasado.

—Ya te lo conté. Me torturaron.

—¿Por qué? —preguntó ella, devastada. Tal vez, no era justo transmitirle su propia angustia, pero alguien tenía que librar el duelo de aquel abuso. Para ella, era algo natural.

—Él dijo... dijo que la muerte de mis padres había sido provocada por la debilidad de nuestra nación. Dijo que yo tenía que fortalecerme. Dijo que lo hacía porque amaba Tahar y porque me amaba a mí. Dijo que era la única manera de protegernos a los dos.

—¿Qué hizo...?

Él le acarició un pecho con ternura.

—Eres tan suave, Olivia, tan hermosa. No quiero llenarte la cabeza con las cosas que me hicieron. Solo hay oscuridad y fealdad en mi pasado. Nada más.

—No te escondas de mí, por favor. Estoy cansada de fingir que acostarme con alguien basta para no estar sola. Sobre todo, cuando me he dado cuenta de que no es cierto.

—No te entiendo. Si estás tumbada junto a alguien, es obvio que no estás sola.

—No. Confía en mí. Alguien puede yacer contigo y, al mismo tiempo, estar a kilómetros de distancia.

—¿Hablas de Marcus?

–Esta es nuestra cama. No quiero que él se interponga entre nosotros.

–Lo comprendo. Pero ¿de qué estás hablando? Respóndeme aunque sea por una vez.

–Sí. Me pasó con él. Pero no lo culpo. Yo nunca le pedí más. Y él no me lo ofreció. Creo que se estaba protegiendo a sí mismo, igual que yo.

–Es bastante sabio protegerse a uno mismo.

Sí, pero Olivia estaba comenzando a comprender que llevaba demasiado tiempo con heridas abiertas en el corazón.

–Es mejor proteger a otras personas, ¿no crees? Tú has pasado la mayor parte de tu vida haciéndolo.

–Con una espada. Es fácil protegerte así.

–Supongo que sí –repuso ella, deslizando los dedos por su fuerte brazo–. Mis padres no asistieron a mi decimoquinto cumpleaños. Es algo muy pequeño comparado con esto –señaló, mientras le tocaba una cicatriz–. Pero me hizo daño. Me dejó cicatrices en el alma. Nuestra ama de llaves me hizo la tarta. Al menos, ella estuvo a mi lado. Pero tú no tuviste a nadie.

–Olivia –dijo él con tono áspero–. Mi dolor no puede borrar el tuyo. No empequeñezcas lo que tú sufriste solo porque yo también he sufrido.

Ella tragó saliva.

–Eres un hombre sabio.

–He pasado mucho tiempo solo. He tenido tiempo para pensar.

–Así es –comentó ella y titubeó un momento antes de continuar–. Ese día, yo preparé la cena. Le dije a mi familia que sería un día especial. Sabía que Emily no podría venir. Llevaba una semana en el hospital. De todos modos, les pedí a mis padres que vinieran a casa para cenar. A mi fiesta –recordó y parpadeó, sintiendo lágrimas en los ojos–. No vinieron. Les esperé durante horas. Pero no se presentaron. Tiré la tarta a la basura.

–Olivia –dijo él con voz ronca.

–Hay más. Llegaron a casa muy tarde. Y yo... les grité. ¿Por qué no habían podido dedicarme dos horas? Lo único que había querido había sido que hubieran pasado un poco de tiempo conmigo. Mi padre me miró sin decir nada. Mi madre lloró. Luego, él me dijo que no lo habían hecho por gusto. Tampoco ellos habían querido estar en el hospital con una niña moribunda. Me respondió que cómo me atrevía a exigirles su tiempo cuando Emily podía morir en cualquier momento y... yo estaba viva. Me dijo que no tenía derecho a quejarme. Después de eso, todo cambió. Nunca volví a ser la misma. Jamás.

–Por eso te fuiste –adivinó él–. Cambiaste de país.

–Encontré a un hombre del que yo no quería nada. Eso me ayudó. No me hacía daño porque yo había aprendido a no pedir nada.

–Tus padres fueron unos tontos.

–No. Solo eran presa de una situación imposible. Todavía lo son.

–Quizá tú quieras ser justa con ellos. Pero yo no. Te hicieron daño. Eso es lo único que me importa. Y, por eso, no los perdono.

Olivia tomó aliento, recorriéndole la piel marcada con los dedos.

–Y yo no perdono a Malik por el crimen que cometió contigo.

–Me privó de la comida hasta que estuve a punto de morir –explicó él, tras tumbarse boca arriba con

los ojos clavados en el techo–. Me arrebató el agua.
Dijo que era para hacerme más fuerte. Mi misión era
pasar largas temporadas en el desierto y debía acos-
tumbrarme a sobrevivir sin comer y sin beber. Hizo
que me golpearan para enseñarme a resistir. Ordenó que
me dieran latigazos. Y... –añadió, llevándose la mano
a una zona del brazo que brillaba más que el resto–.
A Malik le gustaba la fruta. La pelaba con gran maestría. Lo mismo era capaz de hacer con la piel humana.
Esta cicatriz lo prueba.

–Tarek. No –dijo ella con el estómago encogido.

–Cuando regresé al palacio, todos los recuerdos
me asaltaron de golpe. Por eso, me levanto sonámbulo con una espada en la mano, para matar a su fan-
tasma. Encontré sus diarios. Admitía haber asesinado
a mis padres. Y detallaba el trabajo que había hecho
conmigo para convertirme en un leal soldado. Le gustaban los látigos, como puedes ver. Le gustaba ais-
larme, también. Mi propio hermano. Mis padres estaban muertos y yo... nunca me había sentido tan solo
como cuando mi hermano me ató y me hizo surcos en
la espalda con su daga. Fue entonces cuando empecé
a convencerme de que era una roca. Una roca no
muere, no tiembla. No conoce la debilidad.

Olivia cerró los ojos, conteniendo un sollozo.

–¿Cómo pudo hacerte eso? ¿Cómo?

–Es por eso por lo que no me dejo seducir por los
placeres de la vida porque... mira en qué lo convirtieron a él.

–Tú no eres Malik.

–No. Aunque él no lo pretendía, me dio un propósito en la vida. Con todo lo que me hizo, logró que yo
me protegiera de la debilidad que infectaba su sangre.

—¿Por qué? ¿Por qué lo hizo?

—Para quebrar mi voluntad. Creo que pretendía hacerme odiar el palacio tanto que nunca regresase. Quería destrozarme, hacerme pedazos para que yo no pudiera ver cómo era en realidad. Y lo hizo bien. En el desierto, un solo objetivo llenaba mi mente, cumplir el trato que había hecho con mi hermano. Si yo le obedecía, él me dejaría en paz. En cierto sentido, me ayudó a ser más fuerte. Me convirtió en una roca.

—Jugó con tu mente. No quería hacerte fuerte. Tú ya eras fuerte. Cualquier otro hombre se habría quebrado.

Él la miró con ojos vacíos.

—¿Acaso yo no me quebré, Olivia?

—No, Tarek —repuso ella con las lágrimas corriéndole por la cara. Posó la mano en su corazón, que latía con rabia.

—No llores por mí, Olivia.

—¿Quién lo hará, si no?

—No es necesario.

—Eso no es verdad.

—Pasara lo que pasara entonces, ahora soy un hombre distinto. Él me convirtió en lo que soy.

—Puedes ser quien tú quieras, Tarek —aseguró ella con convicción—. Él ya no puede mandar sobre ti.

—No lo entiendes. No comprendes los años que pasé en el desierto. Fue mi refugio. Tampoco puedes comprender lo que el desierto ha sido para mí.

—Pues explícamelo, Tarek. Estoy cansada de estar sola. Déjame comprenderte.

El sultán se levantó de la cama, desnudo, imponente.

—Mañana. Mañana te lo mostraré. No soy el hom-

bre que quieres que sea. No soy el hombre que te me-
reces.

—Pero soy tuya —afirmó ella.

Un brillo de dolor relució en los ojos de Tarek.

—Mañana te lo mostraré.

—Tarek... —susurró ella, bajando la vista al anillo
que llevaba en el dedo—. Antes de que te vayas... dime,
¿por qué elegiste este anillo para mí?

—Por tus ojos. La piedra es azul, como tus ojos. Me
gustó mucho, porque me recordó a ti.

Olivia se quedó sin respiración. Era una respuesta
sencilla, pero, al provenir de sus labios, le sonaba a
poesía. Era la verdad, simple, perfecta. Por eso, le
llegó al alma.

Acto seguido, Tarek se giró y salió de la habitación,
dejándola sola de nuevo.

Sin embargo, en esa ocasión, ella no se sintió sola.
No iba a tumbarse y a rendirse a su destino. Su ma-
rido le había elegido ese anillo pensando en sus ojos.
Eso le daría fuerzas para luchar por él.

No importaba lo que hubiera pasado antes. Su
miedo no tenía lugar allí. Tarek era valiente. Era un
guerrero. Y ella no podía ser menos.

Capítulo 11

TAREK fue incapaz de ponerle palabras al sentimiento que se apoderaba de él a medida que se adentraba en el desierto.

Por suerte, había podido zafarse de sus obligaciones reales y tomarse ese tiempo libre para estar con su esposa. A solas.

Una oscura sensación de pánico había hecho mella en él desde su noche de bodas. O, tal vez, desde antes. Era una sensación que no hacía más que crecer a medida que se adentraban en la interminable soledad del desierto.

Se preguntó por qué estaba haciendo aquello. No sabía qué esperaba encontrar allí. Ni qué esperaba mostrarle a Olivia.

La noche anterior, ella lo había mirado con los ojos llenos de expectativas, con esperanza. Nadie lo había contemplado así jamás. Y, mucho menos, una criatura tan suave y vulnerable. Y él se había dado cuenta de que estar dispuesto a morir por ella no era suficiente.

Tarek conocía la espada. Sabía luchar. Sin titubear, la usaría para defender a su esposa, si hiciera falta. Y, también sin pestañear, moriría por ella. Pero tenía la sensación de que, entre la indiferencia y la disposición a sacrificar la propia vida, mediaban muchos sentimientos que no se atrevía a abordar. Esos eran los que le daban miedo.

Porque no eran un objetivo. No eran algo fácil y claro. Lo confundían y lo aterrorizaban, reconoció para sus adentros.

¿Cómo era posible? La misma muerte no le asustaba, pero lo que aquella pequeña y pálida mujer le hacía sentir era lo más cercano al terror que había experimentado en la vida.

—¿Queda mucho? —preguntó ella cuando llevaban dos horas de camino.

—Ya estamos cerca —repuso él—. En esta época del año, no habrá nada en kilómetros a la redonda.

—¿Y en otras épocas?

—Hay una tribu beduina que pasa un par de veces al año por aquí. A menudo, venían a visitarme y se quedaban unos días. Yo también he viajado con ellos, aunque no mucho.

En el horizonte, comenzó a dibujarse el esqueleto del pueblo abandonado que, durante quince años, había sido su hogar. Entonces, Tarek comprendió por qué la había llevado allí. Quería mostrarle quién era él. Necesitaba que ella supiera con quién se había casado.

Continuaron en silencio, hasta que Tarek paró el coche. Abrió la puerta despacio. No se lo había dicho a su mujer, pero llevaba una pistola. No confiaba en nadie. Cualquier extraño podía haberse asentado en aquel lugar en su ausencia.

—¿Qué es esto exactamente? —preguntó ella al fin, saliendo del coche también.

—Era un pueblo, un resto del colonialismo en Tahar. Hace doscientos años, fue fundado por colonos europeos. Pero no duraron aquí –indicó él y señaló a su alrededor–. Las casas, sí.

–¿Cuál era la tuya?

–Todas eran mías.

–No. ¿En cuál te quedabas? –insistió ella con persistencia.

Tarek le dio la mano y caminaron juntos sobre la arena. Estaba preparado para sacar su arma si era necesario. Sin embargo, no había indicios de que hubiera nadie por allí.

Desde que había tenido noticias de la muerte de su hermano, no había vuelto a pisar aquel lugar. Aunque solo habían pasado unos meses, le parecía una eternidad.

Cuando atravesaron el quicio de la puerta, Tarek miró a su acompañante. Era una sensación extraña no estar allí solo.

La arena había bañado el interior de la casa, incluso había subido por la escalera que conducía a la planta alta. Estaba desprotegida y vacía, sacudida por años de sol y viento del desierto.

–¿Es aquí donde vivías? –preguntó ella, sin poder ocultar su horror.

–Sí –afirmó él–. Esta es... mi casa.

–¿Cómo sobreviviste a esto? –quiso saber ella, perpleja.

Tarek no supo cómo responder. No le había resultado difícil sobrevivir. Más bien, aquella casa abandonada había sido su oasis, su refugio. Lo difícil había sido sobrevivir a lo que había experimentado antes, a las torturas de su hermano.

–Esto es... parte de mí. Yo soy esto –indicó él, señalando a su alrededor la casa vacía y seca–. No soy como las salas hermosas y lujosas de palacio. Esta es mi alma. O lo que queda de ella.

–No lo creo, Tarek Eres más que esto. Eres más que el hombre en que te convirtieron.

–Soy solo lo que hicieron de mí. Nada más –negó él con tono áspero.

–No puede ser cierto –insistió ella, tocándole el rostro–. He visto dentro de ti. Eres más que esto. Él no te destruyó. Solo se saldrá con la suya si tú le dejas.

–¿Crees que es tan sencillo? –protestó él, sujetándola de la muñeca para apartarle la mano–. ¿Crees que solo con decirlo ya será verdad?

–¿Por qué no? Piensas que puedes enseñarme esto, decirme que estás hecho de piedra y arena y convencerme de que te destruyeron, de que estás vacío. De que no eres el hombre que me dedicó sus votos en la boda. De que no leíste un libro solo para aprender cómo complacerme.

–No. Es imposible. Para.

–¿Qué es imposible? ¿Qué?

–No puedo darte más. Te dejaré sola y tú no quieres eso. Seré todo lo que pretendes evitar.

–Te equivocas. Yo no intentaba evitar nada cuando vine aquí. Solo estaba pensando en mí. No tenía nada que ver contigo. Yo no tenía ni idea de quién eras. Ni de lo que significarías para mí.

–Soy un asesino. Una máquina. Eso es todo. Solo produzco dolor.

Olivia le agarró las manos y se las llevó a su rostro.

–¿Con estas manos? Estas manos me han dado mucho placer. Y han sido tiernas conmigo –afirmó ella, acariciándoselas–. Sé que has conocido el dolor. Sé que has causado destrucción, con el objetivo de proteger a tu pueblo. Pero, cuando me tocas... nunca me había sentido así con nadie. Eres más de lo que crees. Yo lo sé.

–No puedo darte más. Debo mantener los ojos siempre puestos en mi objetivo.

–¿Tienes que negar tus sentimientos para siempre?

–Sí –dijo él.

–No –negó ella, y se inclinó hacia delante, besándolo aunque él intentaba apartarla.

Tarek no podía resistirse al deseo que lo inundaba. Quería estar con ella. Sabía que era un error, que nunca podría darle lo que ella necesitaba. Pero no era lo bastante fuerte como para rechazarla. Allí, en el desierto, donde había vivido aislado de todo y de todos, no podía negarse a poseerla. Sumergiéndose en los ojos azules de Olivia, llenos de súplicas y desesperación, el sultán supo que era su oportunidad de dejar que la lluvia mojara los recovecos más secos de su corazón.

No podía ofrecerle nada más profundo, pero, si ella quería su cuerpo, se lo entregaría de buen grado. Y disfrutaría del de Olivia. Sabía que no era digno de ella, pero tampoco era capaz de negarse. Había soportado torturas, soledad, dolor. Pero no podía soportar el deseo que lo consumía como un volcán, quemándolo todo a su paso.

–Hay una cama. Arriba. No creo que esté muy limpia. Estará llena de arena.

–No me importa.

Tarek la levantó en sus brazos, apretándola contra su pecho. Era tan hermosa, tan delicada... ¿Qué había hecho él para ser merecedor del honor de sujetarla entre sus brazos? Nada. Él no era más que un instrumento, un arma.

Sin embargo, cuando se miraba en sus ojos, era fácil creer que los pedazos de su alma rota podían llegar a soldarse. Olivia lo miraba como si fuera un hombre. Pero él sabía que nunca podría ser el hombre que ella se merecía.

Con cada paso, la arena del suelo le recordaba a Tarek dónde estaban. Iba a desnudar a aquella preciosa mujer en medio del desierto, en una casa que apenas era apta para un escorpión y, mucho menos, para una reina.

Sin embargo, por muy culpable que se sintiera, el deseo era demasiado poderoso. No podía parar.

Cuando llegaron a la habitación donde había dormido durante años, depositó a Olivia en el suelo con suavidad y se dirigió hacia la cama de metal. Sacudió las mantas con fuerza.

Luego, se acercó a ella y la besó. La llevó a la cama y la tumbó en el colchón. Temblando, le recorrió el cuerpo con las manos y la besó de nuevo, como si fuera el oasis que había estado buscando.

Sin hacerse esperar, la despojó de sus ropas. No había lugar para la delicadeza. Le rasgó el pañuelo de la cabeza, pero no le importó. Si era una bestia en vez de un hombre, se lo demostraría en ese momento. No tenía ni idea de si el deseo convertía a todos los hombres en animales y los hacía actuar sin pensar en las consecuencias.

Pero no le importaba lo que hicieran otros hombres. Para él, aquello era único. Ella sería la única mujer de su vida.

Cuando estuvo desnuda ante él, Tarek inclinó la

cabeza y le besó un pecho. Se metió el pezón en la boca y lo saboreó, antes de seguir bajando. Ella contuvo la respiración, tras soltar un suave gemido. Trazándole un camino de saliva con la lengua, llegó a sus caderas, mientras con las manos le recorría todo el cuerpo. Después, la agarró de los glúteos y la levantó un poco, lo justo para hundir la cabeza entre sus muslos.

Olivia gritó de placer cuando deslizó la lengua por su carne húmeda. Tarek pensó que no le importaría morir así, con su sabor en los labios y sus gemidos de placer inundando el aire.

Cuando ella le agarró del pelo, tirando de él, Tarek lo tomó como una señal para que la penetrara con más profundidad. Aunque no tenía experiencia, ni destreza alguna, su deseo lo impulsaba a adentrarse sin miedo en terreno desconocido.

Podría perderse en ella para siempre. Cuando cerraba los ojos, ya no veía el desierto, sino unos hermosos ojos azules, unos dulces labios rosados, un sedoso pelo rubio. Olivia.

Quiso resistirse a un sentimiento tan poderoso, luchar contra ello, pero no era el momento, se dijo. En esos instantes, el futuro no le importaba. Sujetándola con fuerza, se hundió un poco más entre sus muslos, mientras los gritos de ella resonaban en aquella casa donde antes solo había habido silencio. Aquel lugar vacío y estéril no volvería a ser el mismo jamás. A partir de ese día, siempre estaría impregnado de ella.

Lo mismo le sucedía a él. Estaba impregnado de ella también.

Ansiando llenarla del mismo modo que Olivia lo llenaba, Tarek cambió de posición y la besó en la boca.

Sin preliminares, la penetró con un rugido desesperado. Allí estaba él, en el centro de su desolación, en el lugar donde había estado más aislado, con el rostro hundido en el cuello de su esposa, dejándose marcar por su olor, su esencia.

Enseguida, Olivia arqueó las caderas y gritó al llegar al clímax. Fue una suerte para Tarek, porque él apenas era capaz de seguir conteniéndose.

El orgasmo lo consumió.

Cuando terminó, se quedó sin fuerzas. Lo único que pudo hacer fue abrazarla y dejar que el sueño lo invadiera. No era capaz de pensar en nada más.

¿Dónde había quedado su concentración? ¿Dónde estaba el objetivo que siempre debía tener en mente? ¿Era aquel instante de placer el anuncio de su ruina?

En ese momento, era difícil desear otra cosa que su propia satisfacción, perderse en encuentros como ese. Gustoso, hubiera firmado para ser siempre así, un hombre sumido en el placer y la comodidad, en vez de en una existencia llena de propósito, pero solitaria.

Pero ¿qué haría su pueblo si él perdía su propósito en la vida?

Durante un segundo, se imaginó durmiéndose junto a Olivia, dejando que ella fuera todo su mundo. Entonces lo invadió una inmensa felicidad.

Recordó momentos olvidados hacía una eternidad. La sonrisa de su madre. Su padre poniéndole una mano en el hombro. Palabras de cariño, de afecto.

Entonces, quiso salir corriendo. Olivia le hacía recordar. Le hacía saborear lo que era la felicidad. Y eso era más temible que la peor de las muertes.

Capítulo 12

TE QUIERO.

Olivia pronunció las palabras sin proponérselo, pero, en el momento en que salieron de su boca, se rindió a lo que podía pasar. Varias veces en su vida, había confesado su amor a distintas personas. A sus padres, a su hermana, a su primer marido. Pero nunca le había importado tanto la respuesta que podía recibir.

Aquellas dos sencillas palabras eran parte esencial de sí misma. Sabía que la hacían vulnerable, que exponían su necesidad y su carencia. Pero ya no había marcha atrás. Por fin, por primera vez, quería algo que merecía la pena. Quería estar con alguien por quien merecía la pena arriesgarse.

Tarek era el hombre más fuerte que había conocido. Si había podido sobrevivir al dolor y al miedo que había soportado, seguro que ella tenía algo que ofrecerle. Se entregaría a él por completo, sin reservas, como nunca nadie lo había hecho.

Entonces, Olivia se dio cuenta de que hacía mucho tiempo que no se había entregado así. Había vivido aislada, rodeada de personas protegidas por altos muros. Igual que ella. Pero no podía seguir viviendo de esa manera. Con él, no.

No podía protegerse y amarlo al mismo tiempo. Iba a tener que arriesgarse.

Por él, iba a tener que exponerse, mostrarle su corazón sin máscara alguna.

Porque ese hombre la miraba como si fuera única y preciosa.

Por él, lo haría.

—Olivia, no —dijo Tarek, tensándose bajo su contacto.

—Sí —dijo ella, intuyendo que aquello iba a acabar mal, que le dolería. Sin embargo, estaba harta de ser cautelosa. Quería vivir la pasión, arder en su fuego. Era mejor quemarse viva que morir congelada.

—Yo no puedo amar —dijo él con rostro pétreo.

—Sí puedes. Hay muchas cosas que pensaste que no podías hacer. Creías que no ibas a poder hacerme el amor...

—¿Es eso? ¿Estás interpretando el sexo como muestra de afecto? —inquirió él, saltando de la cama como impulsado por un resorte—. No quiero tener nada que ver con el amor. Y, aunque quisiera, carezco de esa capacidad.

—No. No lo creo —negó ella, acongojada.

—¿Por eso? —preguntó él, señalando a la cama—. Cualquier bestia puede aparearse. Eso no significa que pueda amar.

—¿Vas a decir que lo que hemos hecho puede compararse a dos animales copulando?

—El objetivo era tener un heredero, ¿no es así?

—¿Lo era? —preguntó ella, encogida por el dolor—. Si es así, odio tener que decirte que usar conmigo tu boca no va a servir para procrear.

Estaban hablando de un bebé, su bebé, se dijo Olivia. Al principio, no había sido más que una idea extraña y lejana para ella. Sin embargo, poco a poco, se había convertido en un sueño que deseaba con todo su corazón. Un sueño que, en ese instante, con cada palabra, se le escapaba de entre los dedos como granos de arena.

–No niego que disfruto con ello –reconoció Tarek, frunciendo el ceño–. Pero eso no implica que albergue sentimientos más elaborados.

–¿De qué tienes miedo? ¿De qué quieres esconderte?

–El escondite es tu juego, mi reina, no el mío.

Su afirmación la golpeó como una bofetada. Olivia era experta en esconderse. Lo hacía entre la gente, sonriendo, con conversaciones superficiales, fingiendo estar satisfecha. Era cierto, pero eso ella ya lo sabía.

–¿Eso lo dice un hombre que se ha pasado años metido en una casa abandonada en el desierto?

–No puedo prestarte atención a ti y a mi país. Debo mantener la concentración en mi objetivo.

–La vida no es tan sencilla, Tarek. ¿No quieres más? Yo sí quiero más. Estoy cansada de protegerme y huir de las emociones. Estoy harta de temer que mis sentimientos no puedan ser correspondidos. He descubierto que, si no arriesgas, no tienes recompensa –respiró hondo–. Vine desde Alansund hasta Tahar para no estar sola. No quería enfrentarme al vacío de mi interior. Estaba dispuesta a casarme con un desconocido solo para ocultarme el hecho de que yo... Mis padres nunca me demostraron amor. Y yo aprendí a hacerme fuerte, a no pedir nada. Me casé con un hombre con el que no podía hablar de nada profundo porque prefería seguir viviendo en mi caparazón. Pero eso no es suficiente. No voy a dejar que te salgas con la tuya. Te voy a pedir mucho más de lo que me ofreces. Soy una mujer nueva y has sido tú quien me ha hecho abrir los ojos. Ahora tendrás que aguantarte.

—Y yo soy el desconocido con quien elegiste casarte. No soy un hombre que puedas moldear a tu gusto. Soy lo que ves delante de ti. Soy lo que hicieron de mí.

Ella se levantó también, se acercó a él y tomó su rostro entre las manos.

—Puedes ser más que eso. Solo porque tu hermano fuera cruel y se entregara a sus vicios, no tienes que ser como él.

—Eso dices, pero no sabes lo que yo he visto. Él mató a mis padres. No me mató a mí porque pensó que podía serle de utilidad o, tal vez, no me temía lo suficiente como para querer destruirme por completo. Nunca lo sabré seguro. Decía que me quería. Mientras me torturaba, decía que me quería. Eso es el amor para mí, nada más que dolor.

Sin pensarlo, Olivia se lanzó a besarlo con desesperación. Cuando separó sus bocas, los dos jadeaban.

—¿Esto te duele? ¿Crees que yo puedo causarte dolor?

—Creo que entre los dos no podemos provocar más que dolor, si seguimos por este camino.

—Es demasiado tarde. Yo ya no puedo abandonar este camino.

—Entonces, comprende que no puedo acompañarte.

Sus palabras la llenaron de agonía. Era la clase de sufrimiento que había estado evitando toda su vida. Se había abierto a él y, a cambio, él la había rechazado. Su mayor miedo se había hecho realidad.

—Lo entiendo —afirmó ella. Y era cierto. Sin embargo, no podía aceptarlo.

–Debemos volver –dijo él–. Tenemos que dirigir un país. No podemos permitirnos más distracciones.

Olivia sabía que había muchas cosas más que ella no podía seguir permitiéndose. Pero no tenían nada que ver con el país.

Había encontrado las fuerzas necesarias para amarlo. Solo le quedaba encontrar fuerzas para alejarse de él.

Cuando entraron en el palacio, solo sus pasos resonaban sobre el suelo de mármol. Olivia había estado callada durante todo el trayecto, pero eso no le sorprendió a Tarek. Estaba disgustada, pero lo superaría, se dijo él. Comprendería que el amor no tenía nada que ver con ellos. Y, juntos, continuarían como habían empezado.

No necesitaban el amor. Ella se equivocaba. El amor no provocaba más que dolor, pensó el sultán.

De pronto, al entrar en sus aposentos, notó que Olivia había dejado de seguirlo.

–¿Olivia?

–Me voy.

–¿De qué hablas?

–Tengo que irme. Debo dejarte –repuso ella, meneando la cabeza.

–No seas tonta. No puedes dejarme. Eres mi esposa –señaló él. De repente, imaginarse la vida sin ella se le hizo insoportable.

–Lo sé. Me casé contigo delante de todo el país. Te hice promesas. Pero, entonces, yo no sabía qué quería. Pensé que podía mantener un matrimonio como el que había tenido antes. Creí que iba a ser capaz de vivir a tu lado sin pedir nada, sin exigir nada. Sin embargo, eso solo funciona cuando no estás enamorada. Yo... te amo. Y necesito que me correspondas. Me merezco ser amada.

Tarek dio dos grandes zancadas hacia ella con el corazón galopándole en el pecho.

—¿Crees que puedes dejarme? ¿Has olvidado quién soy?

—Eres tú quien lo ha olvidado. Lo has olvidado todo, menos el veneno que tu hermano puso en tu cabeza. No pasaré el resto de mi vida junto a alguien que no quiere salir de su fortaleza. Quiero más que eso. Malik casi destruyó Tahar con su indiferencia. Intentó destruirte a ti también. Pero tú quieres salvar a este país y no repetir lo que hizo tu hermano. Si tu pueblo se lo merece, si tu país se merece ser amado, ¿por qué tú no? —le gritó ella—. Lucha por nosotros, te lo ruego.

—Querer más conduce a increíbles actos de egoísmo, como tú me estás demostrando ahora mismo.

—No soy un sacrificio humano ante un altar. Tal vez tengas razón. Quizá soy egoísta. Pero te lo daría todo, si tú me dejaras. Lo que pasa es que no me dejas. Y yo no puedo fingir que no quiero más. No me quedaré cruzada de brazos, dejando que me mates poco a poco con tu indiferencia.

—No soy indiferente en absoluto. Te deseo. ¿No basta con eso?

—No. Porque solo deseas mi cuerpo. Quieres tener a una mujer a tu lado para que sea tu reina. Yo quiero ser amada. Me he pasado demasiados años intentando ignorar mis necesidades, temiendo ser lastimada. Pero prefiero estar sola que mentirme a mí misma más tiempo. Prefiero sufrir antes que seguir escondién-dome.

Tarek no podía respirar.

–Vete, pues.

Ella parpadeó.

–¿Qué?

–Vete. Si no quieres esto, vete. Hay muchas muje-res dispuestas a casarse con un sultán. No necesito te-ner un heredero contigo. Si esto no te hace feliz, vete. No te mantendré prisionera.

–¿Y si estoy embarazada ya? –preguntó ella, le-vantando la barbilla.

–Entonces, nos encargaremos de ello –contestó él con el estómago encogido, luchando por controlar sus emociones–. Vete.

–Tarek...

–¡Fuera! –rugió el sultán.

Sin encogerse ni palidecer, Olivia asintió despacio con la misma elegancia que la primera vez que la ha-bía visto. Luego, se giró y se fue.

Loco de dolor, Tarek cayó de rodillas.

Olivia se había ido. La mujer que había llegado a serlo todo para él lo había dejado.

Y él solo sentía dolor.

Dos horas después, el coche donde viajaba su mu-jer salió de palacio. Tarek se fue a su habitación y ce-rró con llave. Empezó a dar vueltas como un león en-jaulado. El corazón le latía con tanta fuerza que le hacía daño.

No podía obligarla a quedarse.

También sabía que no podía entregarse a ella y, al mismo tiempo, mantener claro su objetivo. Su pueblo necesitaba un líder que pudiera dejar de lado los placeres carnales y se entregara a la causa por completo. Él no podía hacerlo si estaba con Olivia.

Se quitó la ropa y se tumbó en la cama. Esa noche, dormiría solo, como había hecho todas las noches. Y como haría siempre.

Echaba de menos a Olivia. No podía negarlo. Deseaba su cuerpo. Al menos, ella se había ido y ya no sería esclavo de su propio deseo.

Cuando, por fin, cayó dormido, su sueño estuvo asediado por pesadillas y fantasmas del pasado, imágenes de las torturas que había sufrido dentro de las paredes de palacio. No había vuelto a soñar con eso desde que Olivia se había convertido en parte de su vida.

Empapado en sudor, se sentó en la cama.

Se levantó y se acercó a la ventana que daba al oscuro desierto. La luna pintaba la arena de sombras. Ese era su reino, un lugar solitario y desolado.

Cuando había estado con Olivia, le había parecido un lugar, incluso, alegre. Igual que cuando sus padres habían estado vivos.

No podía permitirse tener esos recuerdos, se reprendió a sí mismo. Le hacían demasiado daño.

Pensó en Malik, que le había asegurado quererlo mientras lo había torturado.

Y pensó en el momento en que Olivia le había profesado su amor. Ambos recuerdos no tenían nada en común. Olivia no era como Malik. Su madre y su padre no habían sido como Malik.

Cuando sus padres habían estado vivos, se había sentido entero. Y amado. Pero no de la forma en que Malik había clamado amarlo.

Apretando los dientes, dejó que las memorias de sus padres se abrieran camino en su corazón. Su vida estaba marcada por su muerte. Había sido un antes y un después. Hasta entonces, nunca había querido acordarse de ellos, pues su recuerdo no le había causado más que dolor.

De pronto, una imagen del pasado ocupó su mente. Era su padre y le hablaba. El recuerdo de sus palabras, por primera vez, le llegó alto y claro.

—Amo este país. Más que a mi propia vida. Sin amor, ¿cómo puede un gobernante atemperar su poder? ¿Qué usará como guía?

Como si se hubiera roto una presa, miles de recuerdos lo inundaron. Las imágenes de sus padres se mezclaban con las de Olivia. Entonces, comprendió algo. Malik nunca había amado a nadie ni a nada.

Era la ausencia de amor lo que había causado la destrucción de su país.

El amor no era dolor. Era la fuerza que mantenía a un hombre en su puesto. Por mucho que se concentrara en su objetivo, si un hombre no sentía nada en su corazón, carecería de brújula con la que guiarse.

El amor no era una debilidad. El amor era fuerza. Lo era todo.

Olivia se lo había mostrado y él la había dejado marchar. Había tenido miedo de escucharla, miedo de sufrir.

Y ella se había ido. Tal vez, fuera demasiado tarde. En ese momento, estaría en un avión rumbo a Alansund.

Sin embargo, iría a buscarla.

No importaba lo difícil que fuera, ni lo lejos que tuviera que llegar para encontrarla. La necesitaba.

Y haría lo que hiciera falta para recuperarla.

Olivia nunca había sentido tanto dolor.

Tampoco había amado nunca antes de esa manera, con todo su ser. Se había atrevido a pedir más y estaba pagando por ello.

Por otra parte, se sentía más viva que nunca. Había tenido miedo de amar y de exponer su vulnerabilidad. Pero, por mucho que le doliera, estaba agradecida por haber tenido el valor de entregarse con todo su corazón.

Había regresado al palacio de Alansund, pero ya no le importaba si no era útil para nadie, si no era necesaria. Solo un pensamiento ocupaba su mente.

Amaba a Tarek. No importaba lo que él dijera o hiciera, ni lo útil que le resultara.

¿Acaso no se merecía ella recibir lo mismo?

Aunque tuvo la tentación de meterse en otro avión, regresar a Tahar y rogarle a su esposo que la aceptara de nuevo, tanto si la amaba como si no, sabía que no podía hacerlo.

No era por orgullo. La vida no era nada sin amor. Ella lo sabía porque había pasado largos años deseándolo con desesperación. Y, cuando por fin había amado a alguien con toda su alma, no podía traicionar sus propios sentimientos fingiendo que no existían.

Alguien llamó a la puerta de su dormitorio, sobresaltándola.

−¿Sí?

—Mi señora —dijo su doncella, Eloise, al otro lado de la puerta—. Hay un hombre que quiere verla. Dice que es su marido.

—Eso es imposible —repuso ella, petrificada.

Entonces, cuando Tarek irrumpió en la habitación, Olivia se quedó embobada, contemplando su imponente figura. Solo llevaba dos días sin verlo, pero su atractivo no dejaba de cautivarla y sorprenderla.

—Eloise, déjanos solos —pidió Olivia, cuando fue capaz de hablar.

—Nunca había subido a un avión antes. No me ha gustado —dijo Tarek.

—Yo lo odio. ¿Qué haces aquí?

—He venido a buscarte.

—Te dije que no podía resignarme a un amor no correspondido. No puedo —señaló ella con un nudo en la garganta.

—Dijiste que necesitabas ser amada.

—Sí —afirmó ella, aunque tuvo que hacer un esfuerzo para poder hablar—. Quiero dártelo todo de mí misma. Quiero que tú hagas lo mismo, que te abras a mí. Te amo tanto que me has hecho darme cuenta de lo aislada que he estado toda mi vida. Y, ahora que lo sé, no puedo volver atrás.

Tarek se acercó hasta ella y tomó su cara entre las manos, atravesándola con la mirada.

—Yo tampoco puedo volver atrás. Ni quiero. He estado solo demasiado tiempo porque no quería recordar. No quería revivir el dolor —explicó él con vehemencia—. Somos muy parecidos, Olivia. Ambos hemos estado protegiéndonos del sufrimiento. Para mí, lo más doloroso no fue la tortura de mi hermano. Lo peor fue la pérdida de mis padres, de su amor. Y había querido olvidarlo, por miedo al dolor. Por eso, me había concentrado en un solo objetivo. Lo había hecho para sobrevivir. Tú me has hecho lo mismo que yo a ti. Quebraste mis defensas. Y solo me di cuenta cuando sentí la poderosa devastación de perderte –confesó, y tragó saliva–. Me hizo recordar a mis padres. Ahora me doy cuenta de que no puedes disfrutar de lo bueno de la vida si siempre tienes miedo al dolor. Ahora sé que es la ausencia de amor lo que hace daño. Estoy cansado de estar solo.

–No lo estás. Me tienes a mí.

Tarek miró a la mujer que tenía el honor de llamar su esposa. Ella había logrado hacerlo sentir un hombre.

–Fue mi amor por ti lo que me hizo despertar –aseguró él, y la besó en la sien, temblando por dentro y por fuera–. Te amo, Olivia.

–Tarek, yo también te amo. Soy tan feliz de que me quieras...

–El amor es poderoso. Teníamos razones para temerlo –dijo él, acariciándole el pelo–. La primera vez que te vi, me pareciste frágil y vulnerable. No me di cuenta de que eras el arma más peligrosa.

Olivia sonrió.

–¿Recuerdas el primer día, cuando me dijiste que necesitabas casarte conmigo porque no había otro lugar para ti?

–Lo recuerdo –susurró ella.

–Ahora tienes un lugar en mi corazón. Y siempre lo tendrás. Te lo juro.

Epílogo

TAREK le juró muchas cosas más a Olivia. Lo hacía cada noche, a menudo, cuando la tenía en sus brazos. No podía saciarse de ella.

Cada día, Olivia le daba nuevas razones para sonreír. Y, menos de un año después de su boda, le dio todavía otra más.

—Tengo una noticia para ti —dijo ella, al entrar en el dormitorio que compartían desde que habían regresado juntos de Alansund hacía dos meses.

No habían dejado de dormir juntos desde entonces. Y Tarek no había vuelto a tener ninguna pesadilla más.

Aunque sonaba serena, él no se dejó engañar. Era el mismo tono que Olivia había empleado cuando le había informado que había ido a Tahar para casarse con él.

—A menos que hayas invadido Alemania, me imagino que podremos superarlo —dijo Tarek.

—Nada de invasiones —negó ella, sonriendo—. Pero hoy he ido al médico.

—¿Y?

—Parece que vas a tener un heredero —informó ella e, incapaz de seguir manteniendo la calma, empezó a llorar de alegría—. Pero, más importante aún, vamos a tener un bebé.

Tarek la tomó en sus brazos, besándola como un loco.

—¿Quiere decir esto que estás contento?

—No sabía que tanta felicidad fuera posible, hasta que te conocí a ti —dijo él, besándola de nuevo.

Olivia cerró los ojos, inspirando su alegría.

—Ni yo, Tarek. Ni yo.

Acepte 2 de nuestras mejores novelas de amor GRATIS

¡Y reciba un regalo sorpresa!

Oferta especial de tiempo limitado

Rellene el cupón y envíelo a
Harlequin Reader Service®
3010 Walden Ave.
P.O. Box 1867
Buffalo, N.Y. 14240-1867

¡Si! Por favor, envíenme 2 novelas de amor de Harlequin (1 Bianca® y 1 Deseo®) gratis, más el regalo sorpresa. Luego remítanme 4 novelas nuevas todos los meses, las cuales recibiré mucho antes de que aparezcan en librerías, y factúrenme al bajo precio de $3,24 cada una, más $0,25 por envío e impuesto de ventas, si corresponde*. Este es el precio total, y es un ahorro de casi el 20% sobre el precio de portada. ¡Una oferta excelente! Entiendo que el hecho de aceptar estos libros y el regalo no me obliga en forma alguna a la compra de libros adicionales. Y también que puedo devolver cualquier envío y cancelar en cualquier momento. Aún si decido no comprar ningún otro libro de Harlequin, los 2 libros gratis y el regalo sorpresa son míos para siempre.

416 LBN DU7N

Nombre y apellido	(Por favor, letra de molde)

Dirección	Apartamento No.

Ciudad	Estado	Zona postal

Esta oferta se limita a un pedido por hogar y no está disponible para los subscriptores actuales de Deseo® y Bianca®.
*Los términos y precios quedan sujetos a cambios sin aviso previo.
Impuestos de ventas aplican en N.Y.

SPN-03   ©2003 Harlequin Enterprises Limited

Deseo

SIGUE A TU CORAZÓN

MAUREEN CHILD

Connor King era un exitoso hombre de negocios, un millonario taciturno y… ¿padre? Cuando descubrió que era padre de trillizos se sintió traicionado y decidió conseguir la custodia de sus hijos, aunque ello significara enfrentarse a su atractiva tutora legal, Dina Cortez.

Dina había jurado proteger a Sage, Sam y Sadie. Pero ¿quién la protegería a ella de los sentimientos que el perturbador y arrogante señor King le provocaba? Una vez se mudara a vivir con los niños a la mansión de Connor, ¿cómo podría ignorar que su cama estaba a apenas un latido de distancia?

Tres hijos y una atractiva tutora legal...

¡YA EN TU PUNTO DE VENTA!

Bianca

Ella debía satisfacer a su marido de todas las maneras posibles

Marisa, huérfana, ha crecido con el apoyo de la rica familia Santangeli. Lo único que le piden es que se case con su hijo…

Lorenzo Santangeli es un multimillonario italiano conocido por su éxito con las mujeres. Se ve obligado a casarse con Marisa por una promesa hecha a su madre. Pero el matrimonio fracasa y ella se aleja de él. ¿Cómo va a compartir el lecho conyugal con un hombre que solo la quiere para que le dé un heredero?

Lorenzo se promete que llevará a su mujer de vuelta a casa. Está decidido a hacerla completamente suya, y a disfrutar de cada minuto…

HARLEQUIN *Bianca*

Sara Craven
Huérfana de amor

Huérfana de amor

Sara Craven

¡YA EN TU PUNTO DE VENTA!